CET EFFRAYANT BESOIN DE FAMILLE

Stéphanie Janicot est née à Rennes en 1967. En 1992, elle devient journaliste à Bayard Presse. Son premier roman, *Les Matriochkas*, publié en 1996, est acclamé par la critique et reçoit plusieurs récompenses, dont le prix Goya du premier roman et le prix René Fallet. Elle a publié douze livres, dont *Non, ma mère n'est pas un problème*, *La Constante de Hubble* et *Le Privilège des rêveurs*. En 2004, Stéphanie Janicot a participé à la création du magazine culturel féminin *Muze*. Elle y dirige les pages littéraires.

STÉPHANIE JANICOT

Cet effrayant besoin de famille

ROMAN

ALBIN MICHEL

© Éditions Albin Michel, 2006.

ISBN : 978-2-253-12129-9 – 1re publication LGF

À ma mère

« Je suis bien certain d'une chose :
le besoin de consolation que connaît
l'être humain est impossible à rassa-
sier. »

Stig DAGERMAN.

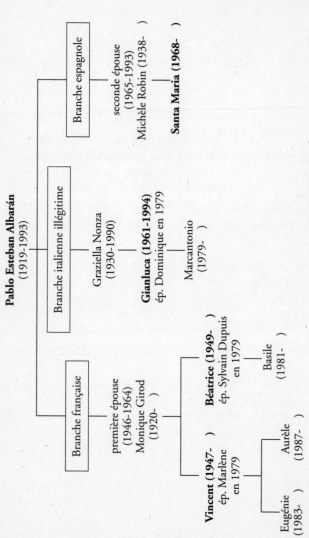

Pablo Esteban Albarán
(1919-1993)

Branche française

première épouse
(1946-1964)
Monique Girod
(1920-)

Vincent (1947-)
ép. Marlène en 1979

Eugénie
(1983-)

Aurèle
(1987-)

Béatrice (1949-)
ép. Sylvain Dupuis
en 1979

Basile
(1981-)

Branche italienne illégitime

Graziella Nonza
(1930-1990)

Gianluca (1961-1994)
ép. Dominique en 1979

Marcantonio
(1979-)

Branche espagnole

seconde épouse
(1965-1993)
Michèle Robin (1938-)

Santa Maria (1968-)

FAMILLE ALBARÁN

Rupture (1)

Paris, janvier 2004

Il dit c'est fini.

Il reste immobile devant elle, son cou de taureau, ses épaules massives, ses cheveux noirs, son regard perçant. Elle, incapable d'ajouter un mot, et d'ailleurs c'est une remarque qui n'en appelle pas. Elle pense confusément que c'est là une non-fin, à l'image de cette non-histoire qui s'est prolongée au hasard, au-delà des années. Qui n'avait pas connu de vrai début, plutôt un concours de circonstances, ni de vrai développement, mais un enchaînement de rencontres qui ressemblait à de l'habitude.

Il n'est ni triste, ni agacé, il constate, c'est fini.

Santa n'imagine pas encore le lendemain ni les jours suivants, le vide, le rien. C'est une rupture à l'amiable, sur une presque déclaration, une demande en mariage. Il n'y a pas de quoi pleurer. Il aurait voulu la transformer en épouse polie et mondaine. Elle, logique, décline. C'était écrit, non ? En réalité sa phrase exacte est « bon, alors c'est fini, puisque tu le souhaites ». Ce n'est pas pareil. « Bon alors » marque la résignation, la soumission à la décision de l'autre,

11

la sienne donc. L'associer à « puisque tu le souhaites » est un pléonasme. Elle ne pourra s'en prendre qu'à elle. Il a fait ce qu'il pouvait, lui a proposé l'amour éternel, la vie enviée d'épouse de diplomate, en quoi était-ce si inacceptable ? Même s'il fallait pour cela s'installer à Madrid.

Elle se souvient des dimanches de son enfance à Madrid. Après la messe, sa mère retrouvait ses *comadres*. Plaza Major. Elle tenait la main de Santa, ferme dans la sienne, comme si elle devinait que le vœu secret de l'enfant était de lui échapper. Elle vantait ses exploits scolaires, anticipait le destin hors du commun qui l'attendait. Les braves femmes tendaient à ces enfantillages une oreille complaisante, croyant dur comme fer que Santa serait la future Marie Curie, ou la première femme chef du gouvernement espagnol, ou même l'épouse du futur roi Felipe. Personne ne doutait de son avenir. Sa mère ne laissait rien de son éducation au hasard. Aucune petite fille de Madrid n'a été aussi surveillée que Santa.

Rafael dit c'est fini en la regardant dans les yeux. Il n'est pas fâché, perplexe plutôt. Tendre. Elle, dans la dureté de l'instant, ne cède pas. Ce n'est pas ainsi que se dessinait l'avenir. Rentrer au pays au bout de vingt ans, sans avoir rien accompli. Ni carrière, ni enfant, ni œuvre qui clamerait que les années ne se sont pas écoulées en vain. Santa, la même, exactement, les rides en plus. Revenir sous le regard triomphant de sa mère. Ah, tu as voulu partir, mais qu'as-tu fait de ta vie ? Si seulement, tu m'avais écoutée ! Impossible, impensable. Elle va rester à Paris.

Il lui souhaite bonne chance. Il regrette. Il comprend. Évidemment, ils peuvent toujours se voir.

Elle décline encore. Un petit coup de temps en temps, entre deux avions. Tandis qu'une femme attendra là-bas, en Espagne, d'être légitimée. Non, elle n'est pas tombée si bas. Mieux vaut rien que le vulgaire.

Il la regarde une dernière fois, plantée là devant lui, droite, coupante. Il la revoit dix ans plus tôt. Le charme de la jeunesse, souple, souriante. Elle était venue animer des ateliers de théâtre pour enfants lors d'une journée pédagogique à l'Unesco. Une Espagnole, comme lui. Une brune avec des yeux noirs. Ils se sont consolés de l'exil, ils ont flambé, les week-ends dans les châteaux, les nuits dans les pubs, les jeux dans les casinos. Pas exigeante, pas jalouse. Il croyait en elle. Sa carrière de comédienne. Elle avait un physique. Du talent. Pas assez d'agressivité peut-être. Il aurait dû l'arracher plus tôt à sa vie solitaire. Lorsqu'elle pouvait encore se plier à ses manies. Il n'aurait pas dû la laisser s'abîmer dans ce métier de remplacement. Serveuse de nuit, était-ce là une place durable pour celle dont il voulait faire sa femme ? Elle s'est fanée. Son caractère s'est durci. Il n'est pas fâché contre elle, qu'elle le refuse ainsi. Il dépose un baiser sur son front. Car il n'y a rien d'autre à faire.

Elle reste sur le pas de la porte tandis qu'il descend l'escalier aux tommettes branlantes. Ses épaules massives, son cou de taureau. Ses cheveux noirs.

Il lui rappelle tellement son père. Tout dans le port de tête. Cette crinière épaisse. La mâchoire. Une façon de dominer le monde. Et elle, Santa, se laisse dominer par les hommes qui dominent le monde. Mais pas toujours. Il y a des limites.

Rupture (2)

Paris, avril 2004

Le néon rose fuchsia au-dessus du bar donne un éclat désirable à son tee-shirt blanc. En cela, elle ne fait qu'obéir aux ordres du patron. Charlie dit toujours la lumière des spots fait ressortir les poussières sur les habits noirs, alors vous vous habillez en blanc ! Ça lui convient. Il existe des cultures où le blanc est couleur de deuil. Parfois elle pense qu'elle devrait faire couper ses longs cheveux noirs, que ce n'est plus de son âge, ce côté bohémienne qui plaisait lorsqu'elle avait vingt ans. Elle les garde par habitude, et un peu pour se dissimuler, comme derrière un écran. C'est la période qui veut ça. Mauvaise. Que la musique soit assourdissante ne la dérange pas. Elle pourrait l'être encore davantage que ça ne l'empêcherait toujours pas de s'entendre penser. Suggérer aux scientifiques d'inventer une musique intérieure qui étoufferait les voix importunes. Pareils moments lui font regretter ardemment d'avoir renoncé aux cigarettes l'année passée. Trois mois qu'il est parti (A-t-il déjà quitté Paris ? A-t-il trouvé une compagne pour le soulager des désagréments du déménagement ?). Si elle avait pu entrevoir que sa vie deviendrait à ce point misérable, elle aurait reconsidéré la proposition. Épouse de diplomate, ce n'est pas rien finalement. Pourquoi, par orgueil mal placé, s'est-elle imaginé que serveuse à Paris était une position moins humiliante ? Maintenant qu'il n'est plus dans sa vie, tout devient douleur, même des choses sans importance qui l'atteignaient à peine. Le souvenir de son père par exemple. Jamais en dix ans il n'était venu la hanter comme ces dernières semaines. Comme si Rafael, avec ses gestes brusques, son accent espagnol, était entré dans sa vie à cette époque lointaine pour remplacer le père éteint l'année précédente. D'ailleurs, c'est sans doute ainsi qu'elle l'a perçu, sinon pourquoi aurait-elle toléré qu'il disparaisse des semaines entières, qu'il lui impose ses sautes d'humeur, ses goûts vestimentaires, ses lubies, toutes ces choses insupportables (si semblables aux manières de Pablo) qui ne l'ont même pas indisposée venant de lui.

Son père ne serait pas fier d'elle aujourd'hui. Elle peut prier pour qu'il n'existe pas de conscience dans l'au-delà, qu'il ne sache rien de son néant. Quelle tristesse d'avoir à ce point gâché sa vie.

– Eh Santa, tu rêves ? Je t'ai commandé un gin fizz, pas un whisky coke.

– Excuse-moi, je te le change.

– Laisse tomber, je le prends.

Une chance. Charlie aurait râlé. Il n'aime pas que l'on gâche la marchandise. Les clients qui se mettent au comptoir sont des habitués. Ils font presque partie de la famille. En dix ans, elle a vu la clientèle se draguer, se marier, se retirer dans ses foyers, bref se renouveler plusieurs fois. Comme les serveurs. Ils ne font jamais long feu. Sauf Juan, quatorzième du genre, un an et sept mois qu'il officie au Kalhua Café, Paris, les Halles. Un record. Elle a froid. Il fait une chaleur à crever sous les néons.

– Si tu es malade, sers-toi un whisky, ça va te réchauffer.

– Merci Charlie, je n'ai pas soif.

Ce n'est pas vrai, mais à ce stade, si elle commence à se servir un verre, elle est fichue.

– Tiens, roule-toi une clope.

– Merci Juan.

Ça doit ressembler à ça une famille, des gens qui vous proposent des remontants quand ils constatent que vous sombrez. Une cigarette, après tout. Au moins, pendant qu'elle la roulera, son esprit sera occupé à quelque chose. Tout de même, tous ces mois d'efforts pour arrêter de fumer et en arriver là. Si l'amour sert à ça (à cette destruction lente), vraiment, ça ne valait pas la peine.

– Santa, deux *mojitos* !

De l'avantage de travailler. Ça évite de penser.

Trois heures du matin : Charlie allume les lumières blanches, il éteint la musique. Juan donne un coup de main pour ranger les chaises au-dessus des tables et balayer. Elle, non. Elle a nettoyé le comptoir. Elle se hâte. Elle déteste ce moment où la magie de la nuit se meurt dans une réalité blafarde. Ces gens qui étaient là, en communion avec elle, n'étaient pas des frères, finalement. Elle retrouve avec soulagement l'obscurité de la rue, respire l'air impur et frais.

Elle a embarqué la moitié du tabac de Juan et une provision de papier à cigarettes. Ça s'appelle en langage familier avoir perdu les pédales. Plus rien n'existe de ce qui faisait sa vie deux mois plus tôt. Merde, si elle avait su. Trois heures vingt. Au moment où elle introduit la clef dans la serrure, elle entend le téléphone sonner. Ses jambes se mettent à trembler. Qui peut appeler à cette heure, si ce n'est pour lui annoncer une catastrophe ? À moins que Rafael n'ait eu une insomnie. Elle se précipite pour atteindre le combiné avant le déclenchement du répondeur.

Expérience familiale (Sandrina)

Rome, avril 2004

Marcantonio sent les jambes de la fille s'enrouler autour de sa taille, ses bras emprisonner son torse. Elle frotte son ventre contre ses hanches. Il ne sait plus comment s'en dépêtrer. C'était couru d'avance. Il le savait. S'il cédait, il serait dans la mouise. Eh bien maintenant, c'est fait. Envolés ses beaux principes : on ne touche pas aux enfants qu'on est censé éduquer. Bon, certes, elle est majeure. C'est déjà ça. Certes, elle n'entre pas dans le cadre du programme d'éducation qu'on lui a confié : que des garçons, entre sept et dix-sept ans. Mais tout de même, il l'a rencontrée dans l'exercice de sa fonction. Il sait bien qu'il l'a impressionnée par sa supériorité (intellectuelle et sociale), même s'il n'est pas tellement plus âgé qu'elle. Il vient de fêter ses vingt-cinq ans.

Les gosses lui avaient allumé des bougies, sans doute volées, (mais il avait préféré glisser sur le sujet) et ils avaient chanté pour lui. C'était le plus bel anniversaire de sa vie. Ainsi, il s'était créé une nouvelle famille dans ces rues noires des faubourgs de Rome. Ça lui faisait chaud au cœur, et c'est ainsi que, tout fondant, il s'était laissé aller à répondre aux familiarités de la petite prostituée qui le suivait depuis quelques mois, lui et son troupeau de gamins, avec une assiduité troublante.

– Ben quoi, j'ai pas le droit de m'instruire, moi aussi ?

À ça, il ne pouvait pas répondre grand-chose. Au moins, pendant le temps où elle apprenait à lire et à écrire, elle n'était pas en train de se faire bousculer par un des porcs qui fréquentaient les trottoirs de ce quartier seulement parce qu'il était de notoriété publique que les filles, clandestines, mineures, ou malades (ou les trois), y étaient les moins chères de toute l'Italie.

Sandrina avait commencé là par nécessité, à l'époque elle avait quinze ans. Elle pourrait à présent prétendre à un meilleur tarif, dans une zone plus avenante, mais depuis un an un nouvel élément a changé la donne : lui. Comme il était jeune, inexpérimenté, orphelin, on lui a refilé les gosses les plus désespérants. Le maire tient à sa bonne conscience : on ne pourra pas dire qu'il n'a rien tenté pour ces jeunes en difficulté. Maintenant, Marco galère avec son groupe d'une quinzaine de brutes, qui vivaient dans des caves ou des immeubles désaffectés et ignoraient jusqu'à l'existence du mot « école » et parfois même du mot « parents », des enfants, forts comme des hommes, têtus comme des bêtes. Peu à peu, il a identifié chaque personnalité qu'il a extraite comme il a pu de cette masse compacte. Au fil des mois, les mômes ont apprécié de vivre groupés, de s'organiser, de ne plus trembler de froid ou de peur, de ne plus courir après la nourriture. Ils ont même accepté, parce que c'était lui, d'apprendre à tenir un crayon et de reconnaître des lettres imprimées sur du papier.

En plus de son groupe officiel, il a hérité de cette petite prostituée qui s'est mis en tête de lire tout Elsa Morante avant la fin de l'année. Il a fini par la tolérer en lui faisant jurer sur la tête de toute sa famille qu'elle n'approcherait jamais aucun de ses garçons. Sandrina n'a aucune famille, ça lui était bien égal de jurer. En plus, elle ne s'intéressait pas aux petits voyous. L'homme de son cœur, c'était lui, et seulement lui, qui avait jailli au milieu de ce bordel, comme un demi-dieu.

Les gamins avaient chouravé pour l'occasion (son anniversaire) une bouteille de vin blanc dont il avait abusé. Et qui venait de lui être fatale. Sandrina avait profité de son ébriété pour passer à l'attaque. Voilà, elle a réussi à se glisser jusque dans son lit, dans cette misérable petite chambre au sommet de l'immeuble délabré que la mairie a mis à sa disposition. Et lui, il est cuit.

Elle admire sa conquête. Il a un corps de footballeur (c'est sa seule référence en matière d'athlètes), autrement dit sans graisse, que du muscle, (mais comment pourrait-il en être autrement alors qu'il mange si peu depuis des années et qu'il ne cesse de remuer ciel et terre pour se rendre utile). Ses boucles sont blondes et soyeuses comme celles d'un enfant. Sandrina se sent des instincts de mère. Il avait l'air si abandonné, il y a quelques minutes à peine. Elle caresse ses épaules, son cou, son menton, comme si cela pouvait lui rappeler une tendresse oubliée.

Il retarde le moment d'ouvrir les yeux, de manifester son désaccord. Cette main dans ses cheveux, sur son visage, le réduit à l'état d'animal domestique. Ce n'est pas sa mère (non, aucun risque), qui surgit dans sa mémoire, mais une autre femme, lointaine, un peu inaccessible à l'adolescent qu'il était alors. Il n'avait jamais connu l'amour avant elle, et jamais depuis. Bien sûr, il a eu de nombreuses partenaires, mais aucune n'a jamais pris la liberté de le bercer comme le fait Sandrina. Il a presque envie de pleurer. Il voudrait qu'elle s'en aille à l'instant, et ffftt, le laisse seul dans son lit.

Elle demande :

– Tes parents vivent à Rome ?

La question a le mérite de le faire sortir de sa torpeur. Il ouvre les yeux.

– Je n'ai pas de parents, d'autres questions ?

– Oui, continue la petite prostituée qui ne se laisse pas démonter. Tu as de la famille quelque part ?

– Qu'est-ce que ça peut te faire ? demande Marco, avec plus d'agressivité qu'il ne l'aurait voulu.

– Pour savoir. Moi, j'ai personne, vraiment personne.

Évidemment, il se laisse attendrir. Il soupire :

– Quelque part, oui, c'est le mot. J'ai des grands-parents dans le sud de la France et une vague tante, à Paris.

– T'as de la chance.

Il n'a jamais envisagé sa vie sous cet aspect. Pourtant, c'est vrai, à côté des gosses qu'il fréquente, il a été assez verni. Il a même eu un père, jadis. Au final, il faut voir : additionner les plus et les moins.

Elle déploie son corps chaud au-dessus du sien. Elle a encore des hanches d'adolescente, des petits seins fermes, des cheveux blond cendré autour d'un visage de madone. Et maintenant quoi ? Le voilà pris au piège. Il pourra toujours lui expliquer que ce moment de faiblesse lui a échappé, elle se moquera bien de ses explications.

– Va falloir que tu rentres chez toi, glisse Marco, pas bien fier.

– Pourquoi ? Personne ne m'attend.

– Je ne peux pas te garder ici, il y a les mômes.

Elle se renfrogne, mais un fond de diplomatie l'empêche d'exprimer ce qu'elle ressent à être ainsi congédiée. Elle préfère ménager l'avenir. Si elle se montre docile, il ne la craindra plus. Il se laissera faire de nouveau. Un jour, elle le ferrera pour de bon. Mais là, elle doit le reconnaître, c'est trop tôt. Elle se lève en dépliant son corps souple, attend un temps avant d'attraper un à un ses vêtements, de se rhabiller lentement, avec une grâce étudiée. Peine perdue. Il a gardé les yeux fermés. Pas fou. Il a tellement manqué de tendresse dans sa vie, il pourrait bien craquer. Elle dépose avec légèreté un baiser sur ses lèvres et quitte la pièce en lançant un *ciao* sur un ton badin.

Il soupire. Elle est partie si vite qu'elle lui manque déjà. S'il avait eu besoin d'insister, son départ aurait été un soulagement. Il regrette presque d'avoir été si bien obéi.

Il se retourne dans son lit. Il a trop chaud. Les corps ont laissé des empreintes brûlantes entre les draps. Il s'en veut de s'être abandonné. Il va falloir en payer le prix. C'est ça, son expérience de la vie : tout bonheur se paye cher. Il en veut à la petite prostituée d'avoir réveillé sa mémoire. Il avait fini par oublier qu'il fut un temps, à Paris, où il avait connu le bonheur. Il se demande si elle vit toujours dans ce petit appartement en mezzanine avec ses poutres en bois sombre. Si elle a toujours le même numéro de téléphone. C'est vrai, il est trois heures du matin. Et alors ? Il y a dix ans, elle ne connaissait aucun horaire. C'est sûr, cette journée l'a vraiment déboussolé, alors, perdu pour perdu, il éprouve un grand plaisir à l'idée d'aller au bout de sa chute.

Elle et lui (1)

— Santa, te souviens-tu de moi, Marcantonio ?

— Comment aurais-je pu t'oublier, tu étais comme mon frère.

Elle ne sait pas pourquoi elle prononce ces mots dépourvus de sens, elle n'a jamais entretenu de rapports intimes avec aucun de ses frères. Peut-être parce qu'ils n'étaient, l'un comme l'autre, que des demi-frères. Nuance.

Elle se souvient de ses boucles blondes, si fines et souples, de son visage encore imberbe. Beau comme un David encore fluet et fragile. Elle imaginait qu'il serait celui avec lequel elle nouerait de vraies relations fraternelles, de celles qui prennent leurs racines dans l'enfance. Pourtant, au fond, elle ne comprenait rien à ce garçon. Que voulait-il d'elle ? Une autre mère ? Une sœur aînée ? Une amante ?

— Tu m'as tellement manqué, dit-elle.

Il est surpris. S'il s'attendait à pareil accueil, en pleine nuit, après dix ans. Il pourrait répondre toi aussi, et ce serait vrai. Mais les manifestations de tendresse le gênent. Il n'a jamais appris à leur faire face. Il bénit Sandrina. Sans son encombrante présence, il n'aurait pas ressenti l'absence de Santa avec autant d'acuité. La retrouver ne lui aurait pas semblé si nécessaire. Et maintenant, que faire ? C'est si soudain qu'il prend peur.

En entendant Marco (qui parle avec le même accent italien très léger, à peine perceptible, que Gianluca), Santa se sent projetée en arrière. Le temps semble n'avoir pas existé. Elle voudrait réécrire l'histoire.

Elle se retient de lui demander comment il s'en est sorti, sans Gianluca. La dernière fois qu'elle l'a vu il était un jeune orphelin. Et alors, comment a-t-il guéri ? Mais cette interrogation, elle ne s'autorise pas à la formuler. Il pourrait lui répondre que si cela avait eu tant d'importance, elle aurait pu s'en préoccuper plus tôt. Il aurait raison. Elle n'a pas été à la hauteur. Contre toute attente, c'est lui qui la lance sur le sujet.

– Tu me parlerais de Gianluca ?

– ...

– Je ne connais personne qui pourrait me parler de lui. Je n'ai jamais revu ma mère. Mes grands-parents perdent la tête. Et puis, ils ne l'ont jamais bien connu.

– Moi non plus.

– Ah, j'aurais cru. Je veux dire, que tu pourrais me raconter des choses sur lui.

Elle a toujours su qu'il lui faudrait rendre des comptes un jour. Et que cela serait sa punition. Le perdre, lui, Marco. Pour de bon. Ce serait justice. Ils se ressemblaient tous les deux, minces, agiles, avec leurs boucles longues. Le père si foncé, et le fils si clair. Et pourtant, on voyait sans peine qu'ils étaient d'une même pâte.

– Es-tu toujours si frêle ?

– Frêle ? Non. Je suis plutôt grand et solide. Un

25

peu maigre, mais ce n'est pas par nature, plutôt par fatalité. Mes cheveux ont foncé. Ils sont toujours bouclés, mais plus courts. Et mon visage est large, pas comme le sien. Je dois me raser tous les matins. Tu vois, je ne ressemble pas du tout à mon père. À l'époque, je lui ressemblais, par mimétisme. J'ai beaucoup changé. Je ne suis pas rêveur et artiste comme lui. J'ai le sens pratique, je m'occupe de gosses des rues. Je suis un chef pour eux. Gianluca n'avait pas l'âme d'un chef. Non ?

C'est vrai, Marcantonio a raison. Gianluca était perdu dans ce monde. Et ce qui aurait dû être sa famille a contribué à ce qu'il le reste. Santa aimait son regard. Il ne connaissait ni la haine ni la rancœur. Avec un frère comme lui, elle aurait été plus forte. Il a été son frère si peu de temps.

– Tu vois, Marco, tu le connaissais bien, mieux que moi sûrement. Que pourrais-je t'apporter de plus ?

– Aide-moi à me souvenir.

– Tu en as envie à ce point ?

Il dit oui. Ce n'est qu'un prétexte, mais il ne tient pas à se lancer dans des explications maintenant. Il sera toujours temps de lui révéler son but plus tard. De son côté, elle n'envisage pas qu'il puisse exister autre chose que cette vérité pitoyable qu'elle détient et qu'il lui faudra livrer avec parcimonie, c'est pourquoi elle ne pose pas de questions. Ce qu'elle redoutait est arrivé. Ce n'est pas le bon moment pour elle. Ou peut-être que si, cette possibilité de se retirer de la vie avec pour « solde de tout compte », ce « secret » enfin livré à son destinataire. Elle a appelé de ses vœux le retour de Rafael et a récolté celui de Marco. Comme si le destin la poursuivait de sa curieuse ironie. Ce coup de téléphone est une surprise. Ce qui prouve que cela valait la peine d'attendre quelque chose du hasard. Il demande des nouvelles du chat, comment s'appelait-il ?

– Sancho Pança.

– Ah oui, c'est vrai. Il faisait un de ces bruits la nuit !

– Il est mort, il y a six mois. Oh, rien de grave. Juste la vieillesse. Il avait quinze ans. On peut dire qu'il a eu une belle vie de chat, sans maladie, sans accident.

– Ça n'empêche pas la tristesse.

À l'époque de la mort du chat (un chartreux très élégant), elle avait encore Rafael pour la consoler. D'ailleurs, il avait pris en main les adieux solennels. Il avait fourni la boîte à chaussures et choisi l'emplacement, en forêt de Fontainebleau, où enterrer le corps. Ce n'était pas si triste. Rafael était resté dormir plusieurs soirs de suite. Pour un peu, elle aurait pris l'habitude de trouver cet homme blotti contre elle au matin, chaud, encombrant. Elle ne savait pas si elle devait s'en réjouir. C'était une sorte d'aboutissement logique de leurs années d'errance. S'il ne l'avait pas obligée à se déterminer si soudainement, ils auraient fini tout doucement par ne plus se séparer. Ce n'était pas juste qu'il ait été rappelé à Madrid juste au moment où leur liaison entrait dans son âge adulte. Depuis deux mois qu'elle ne l'a plus revu, et qu'il lui manque de façon très aiguë, elle n'a pas songé au fait que Sancho Pança lui manque aussi. Ce n'était qu'un chat, mais au bout de quinze ans il avait fini par tenir un bon rôle de compagnon. Rafael n'était pas un amant très régulier. Il partait trop souvent, trop longtemps, trop loin. Maintenant que Marco le mentionne, elle le reconnaît volontiers. Elle devrait sûrement reprendre un chaton. Mais cela implique de reconstruire une relation. Elle n'est pas sûre de vouloir s'engager pour une période aussi longue. Où sera-t-elle dans quinze ans ? Elle se risque à poser la question dont elle redoute la réponse :

– Pourquoi appelles-tu seulement maintenant ?

– J'avais peur que tu ne sois fâchée.

– Comment ?

Elle est sincèrement surprise. Marco aurait eu bien des raisons de lui en vouloir. C'est curieux comme le sentiment de culpabilité peut s'abattre sans discernement sur n'importe qui, même le plus innocent de tous les hommes. Elle est mal à l'aise. Pour ne pas qu'il raccroche trop tôt, elle lui raconte les ateliers de théâtre qu'elle anime deux fois par semaine pour des amateurs du troisième âge.

– Ah, c'est un peu comme moi, avec les enfants.

Elle sait que ces ateliers ne sont pas d'une grande utilité sociale. C'est juste une façon pour elle de ne pas renoncer à ce qu'elle croyait être une vocation. Elle voit bien que sa vie ressemble à une mauvaise soirée. De celles que l'on devrait quitter au bout d'une heure, si une petite voix ne vous soufflait pas que quelque chose pourrait arriver. On reste, pour voir. Jusqu'au bout de l'ennui. Jusqu'à ce qu'il ne reste plus personne. Il faut alors bien admettre que plus rien ne pourra arriver et se décider enfin à partir. Elle est dans cette phase du petit matin où elle croit comprendre que rien d'excitant ne peut plus se produire.

Elle sent qu'il est étonné de la savoir toujours serveuse dans le même bar. Délicat, il n'insiste pas. Il lui laisse son adresse, précisant qu'il n'a pas de place pour la recevoir dans cette maison exiguë que la ville lui octroie, et son téléphone, pour être sûr de le joindre, il faut appeler tard le soir, mais si elle travaille, il comprend bien sûr, alors elle peut appeler dans la nuit, ça ne le dérange pas, il dort très peu. Elle promet de lui raconter ce qu'elle sait. Elle ne se souvient plus exactement de l'enchaînement des faits (cela fait plus de dix ans, tout de même), elle va tenter de reconstituer les événements. Cela peut prendre un peu de temps. Marco n'est pas pressé. *Ainsi est arrivé le moment où sa vie se mêle à celle de son frère.*

Elle et lui (2)

Rome, juin 1994

Ça n'avait pas été un enterrement bien festif. Gianluca n'avait eu, au cours de sa jeune existence que deux personnes dont il avait été proche : sa mère (elle-même enterrée dans le cimetière qui après la cérémonie deviendrait aussi le sien) et lui, Marcantonio, quatorze ans et demi. On raconte qu'aux grands enterrements familiaux, les gens s'expriment bruyamment, lisent des textes élogieux au sujet du défunt, pleurent à gros sanglots, se tapent sur les épaules pour se consoler, ponctuent leur chagrin de rires perçants, et que tout cela donne des enterrements assez vivants, dont on sort revigoré, heureux de se sentir appartenir à une famille sachant si bien prendre congé de ses morts.

Pour Gianluca, rien de tel. Tout avait été sinistre. La petite église de la banlieue de Rome dans laquelle Gianluca avait grandi n'accueillait qu'une quinzaine de personnes : quelques proches descendus de Venise pour la circonstance, ses grands-parents et les collatéraux : Vincent Albarán, l'aîné, Béatrice et Santa. Tous trois avaient fait le voyage depuis Paris. La plupart de ces gens n'avaient rien à faire ensemble et ne se reverraient jamais. Au moment où sa vie s'effondrait, Marcantonio ne voyait pas ce qui pourrait éclairer son avenir. Durant l'ennuyeuse cérémonie (ennui lié au fait que personne n'avait rien à dire au sujet du défunt, pas même le prêtre que ne le connaissait pas), il priait pour qu'on ne le renvoie pas en Provence chez les parents de sa mère, mais qu'on lui permette de réintégrer le pensionnat religieux qu'il fréquentait dans les environs de Venise. Il avait choisi de se placer à côté de sa tante Santa, la seule (hormis ses grands-parents) qu'il avait déjà rencontrée.

Il se souvenait avec exactitude du soir où il l'avait vue pour la première fois. Il arrivait à Gianluca de visiter le pensionnat en semaine, sans s'être annoncé, juste comme ça, parce que l'hôtel qui l'employait lui donnait une soirée de congé, ou que son fils lui manquait. Marcantonio n'était jamais vraiment surpris de le voir. Mais ce soir-là, Gianluca n'était pas seul. Il marchait dans le hall en discutant avec une jeune femme vêtue presque comme lui, d'un pantalon noir et d'un grand pull assorti. Ils ressemblaient à deux corbeaux, maigres, les cheveux emmêlés. Après un premier réflexe de mauvaise humeur, Marcantonio avait été plutôt intrigué. Et plus encore lorsque Gianluca présenta *sa sœur* Santa. Étonnement. Son père était fils unique, il aurait pu le jurer. Il avait un peu connu sa grand-mère romaine. Il était certain qu'elle n'avait pas eu d'autres enfants que Gianluca, elle répétait assez qu'il était le centre du monde. Comme il n'était pas idiot, il comprit sans explication le lien qui existait entre le récent décès de son grand-père paternel et l'apparition de cette nouvelle tante. Un mois plus tôt, Gianluca était parti pour Paris régler la question de l'héritage, et voilà, ce devait être ça l'héritage. L'idée amusait Marcantonio. De près aussi, il trouvait qu'ils se ressemblaient, leurs visages émaciés, leurs yeux noirs. Elle voulait l'emmener dîner à Venise. Ils arrivaient directement de Paris, en moto, ça ne paraissait pas facile à organiser. Il aurait fallu appeler un taxi. Le trajet était long, la course chère. Finalement, Marco dit qu'il connaissait un petit restaurant de pâtes dans le village, à deux kilomètres à peine. Il proposa d'y aller à pied, tandis que son père irait en moto avec Santa. En partant, elle l'embrassa. Il courut sur tout le trajet. Il était amoureux.

Pendant le dîner, elle lui posa des milliers de questions dans une langue latine étrange qui devait mêler l'espagnol, le français et l'italien. Il avait eu beau lui montrer qu'il parlait très correctement le français, cela ne l'arrêtait pas. Ils avaient ri tous les trois. Ça avait été le dîner le plus gai dont Marcantonio ait conservé le souvenir. Son père et lui s'aimaient, mais on ne peut pas dire qu'ils s'étaient beaucoup amusés au cours de leur vie commune. Ils avaient encore connu un week-end assez drôle à Venise tous les trois, puis ils s'étaient promis de partir ensemble pour Rome aux prochaines vacances scolaires. Elle lui murmurait à l'oreille qu'il ressemblait au Petit Prince. Elle le prenait sur ses genoux comme un bébé et il se laissait faire car s'il avait voulu se conduire comme un homme, il l'aurait effrayée. Il aurait voulu vivre auprès d'elle.

Et c'est pour cela que quelques mois plus tard, dans cette église presque déserte, debout devant le cercueil de son père, il s'était promis de la rejoindre quoi qu'il advienne. Et tout de suite, il s'était senti mieux. C'était le destin, pensait-il, que Gianluca ait justement pensé à la lui présenter avant de mourir. Comme un cadeau qu'il lui avait offert au-delà de la tombe. Elle était aussi guindée que lui, posant sur ce trou béant un regard perdu. Il s'était senti grandir. Prêt à prendre soin de cette jeune femme, épouvantée par le deuil.

Vie de Pablo (1)

Dans la famille Albarán, on croyait que la force naissait de la volonté. Qu'il suffisait de dire « je veux » pour que croissent les jeunes pousses au meilleur de leur éclat. Pablo Esteban Albarán avait bâti son empire avec toute la puissance de son imagination. Il était né en 1919 d'une curieuse alliance entre une aristocrate déchue et un républicain forcené, ouvrier des imprimeries de la presse nationale (crème intellectuelle du travailleur manuel). Sa sœur cadette, Esperanza, la mal-nommée, était morte à six ans de froid et de faim, il paraît que la crise économique touchait le monde entier, il n'empêche qu'en Espagne comme ailleurs seuls les pauvres souffraient. Le père, qui ne manquait jamais une occasion de protester contre la condition humaine, fut l'un des premiers à tomber au début de la guerre civile.

Pablo, à dix-sept ans était déjà une baraque. Il n'avait pas l'intention de s'en laisser conter. Il avait repris le rôle du père, son statut et sa grande gueule. La mère s'était réfugiée dans le petit château délabré qu'elle tenait de ses ancêtres à San Miguel, en Castille. Lui, à Madrid, se sentait libre de ses mouvements, de ses engagements. Il excitait ses congénères en rédigeant des tracts ou des pamphlets. Il appartenait à la génération qui s'élèverait au-dessus de la précédente en faisant valoir la puissance de ses idées, le pouvoir de ses écrits.

Les événements n'ayant pas tourné en faveur de son camp, sa mère lui donna sa bénédiction pour s'exiler à Paris. Là-bas, hélas, la langue était une barrière trop difficile à franchir pour espérer s'imposer dans un domaine intellectuel. Il se lança dans les affaires. En s'associant avec un petit bourgeois qui lançait une entreprise de fabrication de vélos. Certes, il ne possédait rien du capital, mais le patron, malin, avait compris ce qu'il pouvait espérer de l'énergie du jeune Espagnol, déterminé à travailler comme un bœuf pour se sortir de l'ornière.

À cette époque où il lui fallait s'habiller correctement avec un salaire plus que modeste, Pablo fit la connaissance d'un couple de juifs singulier : lui fuyait la Russie et les pogroms, elle venait du Maroc où ses parents avaient contracté trop de dettes pour espérer s'en sortir. Ils étaient un des premiers couples mixtes ashkénaze-sépharade, ce qui pour un néophyte n'a aucune importance (d'un côté comme de l'autre, ce sont toujours des juifs), mais pour un initié représente une réelle curiosité. Ils s'entendaient dans le travail : il était tailleur et gérait une petite affaire de confection, elle était couturière. Leurs prix étaient les plus bas de Paris.

La guerre atteignant la France sous la forme d'une armée étrangère occupante, hostile aux israélites, les petits tailleurs avaient dû fermer boutique, se terrer dans leur appartement et s'en tenir à des activités clandestines. Ils venaient d'avoir une fille : Michèle.

Ils étaient prêts à sacrifier la chambre du bébé pour jouir d'un petit revenu supplémentaire. Pablo fut l'heureux bénéficiaire de cette décision. De ce pur concours de circonstances, découla tout un destin, qui ne prit corps que de nombreuses années plus tard.

Pablo avait le corps vigoureux (stature de géant, épaules carrées), le nez écrasé (souvenir de combats de rues), les yeux noirs d'un gitan (une aïeule aurait fauté ?), les lèvres épaisses, le cœur généreux. Il ne redoutait aucune épreuve, ne craignait personne, se sentait d'attaque pour asservir le monde. Il faisait vivre ses hôtes en leur fournissant des clients occultes. À cette époque, les gens transformaient leurs rideaux en robes ou en vestes d'intérieur, et Mme Robin faisait ça très bien. M. Robin (né Rubinstein) déprimait. Les contacts avec la clientèle, les rues, les voisins, les petits bistrots lui manquaient terriblement, bien plus qu'à sa femme, habituée à vivre dans l'ombre. La petite Miche avait appris à ne pas brailler. Ainsi, ironie de l'histoire, Pablo cachait-il des juifs dans leur propre appartement. Les choses empirant, il devenait de plus en plus ardu de les nourrir. Après la rafle du Vél'd'Hiv, il ne fut plus question de rester à Paris. Pablo décida d'aller les mettre à l'abri en Espagne.

Pour atteindre la zone libre, il avait une voiture, celle de son patron, ignorant tout de l'affaire. Pablo avait seulement parlé de partir à la campagne et d'acheter des œufs. Il abandonna la voiture non loin de la ligne de démarcation dont le passage s'avéra plus périlleux que prévu. Après des mois de réclusion, les Robin étaient affaiblis. Pour le tailleur, une marche dans la forêt, de nuit, relevait de l'exploit. De là, atteindre les Pyrénées, c'était comme gravir l'Himalaya. Pablo crut qu'il enterrerait le couple avant même d'avoir entendu l'accent du Sud.

C'est lui qui transportait Miche sur ses épaules. La petite avait quatre ans. Elle était légère comme un petit chat. Et puis, parce qu'il existe sûrement une justice pour les braves, il arriva un matin où chacun prit conscience qu'il se trouvait en pays étranger. C'était au tour de Pablo d'être en danger. Il songea à abandonner les Robin dans une gare, avec une lettre de recommandation pour sa mère ; mais leur affolement sincère finit par le convaincre qu'il devait les accompagner jusqu'au bout. Le tailleur s'était ratatiné ces dernières années. Il n'avait jamais été bien grand, mais à côté de l'immense Pablo, il faisait peine. Il avait l'air d'avoir cinquante ans (il en comptait trente-cinq peut-être). Son visage était traversé de tics nerveux. Sa femme, qui avait été une brune assez piquante et dotée de belles formes, avait pris des allures de musaraigne, grise et apeurée. Seule la petite Miche avait l'air de ce qu'elle était : une fillette maigrichonne, mais vive. Elle rappelait à Pablo sa petite sœur morte, Esperanza. Ils évitèrent Madrid pour se rendre directement à San Miguel. Dans le petit château, l'aristocrate veuve républicaine s'était réfugiée avec sa femme de chambre. Elles tentaient de traverser les années de pénurie avec intelligence. Le parc était devenu un jardin potager, les écuries abritaient un poulailler. Maria Imaculada, épouse Albarán, était une sainte femme. Elle ouvrit ses bras et sa maison.

Pablo ne retrouva jamais la voiture prêtée. Il était resté absent trois semaines. Le patron avait eu le temps de se raconter des histoires atroces sur l'arrestation de son associé. Il tremblait de devoir assumer seul sa petite affaire. Pablo en rajouta un peu en s'inventant une évasion rocambolesque et la perte de la voiture passa au second plan.

Après la guerre, Pablo abandonna les cycles pour les automobiles. Il voulut offrir une nouvelle voiture à son ancien associé afin de le dédommager. Mais lorsqu'il connut l'histoire, celui-ci ne voulut rien accepter. C'était sa participation, disait-il. Il n'avait rien fait d'autre, et en ressentait une certaine culpabilité, au moins eut-il pour le restant de ses jours la satisfaction de savoir que son véhicule avait servi à mettre trois juifs à l'abri. C'était déjà ça.

À cette époque où Pablo commençait à réussir dans le commerce, il rencontra une jeune Française : Monique Girod. L'heure était à l'enthousiasme, il ne réfléchit pas longtemps avant de l'épouser. Vincent est né en 1947, Béatrice en 1949.

Voilà, tu possèdes un morceau de l'histoire de ton grand-père, qui fut aussi mon père. Tout a l'air si limpide. Pourtant, il m'a fallu des années pour reconstituer ce simple récit. Je l'ai abrégé pour toi. Je n'ai jamais compris pourquoi l'ordre des événements (et pour une bonne part, les événements eux-mêmes) m'a été dissimulé si longtemps. J'ai appris peu à peu, par bribes, en posant beaucoup de questions, en recoupant. Parfois par surprise. De mensonge en silence, on me maintenait à l'écart de la réalité. J'ai grandi dans une bulle, inconsciente. Enfin, ce n'est pas mon histoire que tu réclames, mais celle de ton père. Quoique nous soyons tous imbriqués, nous, les enfants du mensonge. Si Pablo avait joué la transparence, nos relations n'auraient peut-être pas tourné au drame.

J'ai fait la connaissance de Gianluca dans une étude de notaire. Peux-tu croire qu'un homme puisse jouer un plus mauvais tour à ses enfants ? De quitter la vie sans avoir pris la peine de les présenter les uns aux autres, sans même les avoir avertis de l'existence de l'un d'entre eux. De les laisser démêler seuls ce nœud de vipères qu'est l'héritage. Je pense que ça l'amusait, Pablo, cette idée qu'il se jouait de Vincent et de Béatrice. L'un comme l'autre ne lui avaient jamais écrit que pour solliciter des faveurs ou réclamer de l'argent. Il les savait âpres, impatients d'entrer en possession de ce qu'ils estimaient leur revenir. D'outre-tombe, il balançait Gianluca dans leur jeu de quilles. Ce qui l'excitait, c'était cet embarras qu'il leur créait. Il ne s'est pas soucié de Gianluca. Peut-être n'y a-t-il même pas pensé. Que les choses tourneraient si mal pour lui. Ou alors, s'il a commencé à l'entrevoir, ce n'est que vers la fin de sa vie. Puisque quelques mois avant de mourir, il a éprouvé le besoin de m'informer.

Qui voulait-il protéger en me livrant ce nouveau secret ? Gianluca, ou moi, ou nous deux peut-être. J'étais lasse des révélations. Avais-je donc été une enfant si stupide qu'on avait pu me cacher tant de vérités essentielles ? À cette époque (de la maladie de Pablo), je me rendais souvent à Madrid pour ne pas manquer ses derniers moments, mais je ne m'entendais pas avec ma mère, ce qui rendait ces séjours pénibles. J'ai accepté l'existence de Gianluca avec fatalisme, comme la promesse d'un bonheur qui aurait pu être. Je pensais avoir passé l'âge d'adopter un nouveau frère. Je ne croyais plus vraiment aux liens de fraternité qui n'ont pas été tissés dans l'enfance. Je l'avais déjà expérimenté une première fois. Pablo avait hermétiquement compartimenté les différents domaines de sa vie : ses familles, ses affaires, ses femmes. Sans prendre garde vraiment au mal qu'il nous faisait. Il avançait. C'est tout. Aux autres de ne pas se trouver sur sa route. Nous, les enfants, n'avons pas eu le choix.

Expérience familiale (Rocco)

Rome, mai 2004

– C'est irrattrapable, a dit Rocco en hochant la tête d'un air entendu.

Puis il s'est senti honteux en apercevant la mine désolée de Marco. Il fallait qu'il se justifie.

– C'est pas maintenant, à presque dix-sept ans, qu'on va me donner de l'instruction. J'ai appris des trucs en quelques mois, mais là, je dis qu'il ne faut pas m'en demander plus. Déjà, je sais lire les panneaux. C'est vachement utile. Mais bon, ça suffit, je vais pas écrire un roman. Si j'avais eu de la thune, j'aurais fait footballeur. Remarquez, je veux bien apprendre un métier, si ça peut faire plaisir. Je veux bien gagner ma vie honnêtement. J'ai rien contre, ce sera toujours moins risqué que de faire des affaires. Ça dépend de ce que vous me proposez.

Le préposé à la réinsertion des jeunes est perplexe. Le maire a dit qu'il fallait les mettre au travail, leur trouver une place dans la société. Mais pour celui-là, il ne serait pas loin de penser qu'effectivement, il est trop tard. Rocco a les épaules carrées, la démarche chaloupée, le sourire de travers, il se prend pour un petit caïd, c'est sûr. Un jour, la Mafia mettra la main dessus. Si ce n'est pas déjà fait. Il sera embarqué dans des histoires louches, il ne fera pas de vieux os. L'avenir est certain, pas besoin d'être voyant. À quoi bon s'obstiner. Pour l'année qui reste avant la majorité de Rocco, c'est de l'argent public fichu en l'air.

Les mèches sombres et raides qui lui tombent sur les yeux. La façon de les repousser vers l'arrière en y passant une main négligente. Tout sent la pose étudiée du petit gangster. Tous ces gosses qu'on place dans des familles, on les colle devant la télé pour les tenir tranquilles. Après, ils n'ont plus le sens des réalités. Ils vivent comme dans les films, ils se regroupent dans les rues, impossible de les récupérer.

– Si vous le permettez, tente Marco, Rocco a des dispositions pour la mécanique, on pourrait peut-être lui trouver du boulot dans un garage. Avec les aides de la mairie, on trouvera sûrement un petit patron qui sera content d'avoir un apprenti pour pas cher.

Rocco est certes reconnaissant de toute cette confiance que Marco veut bien lui témoigner, mais là, c'est encombrant. Bosser dans un garage, pour des prunes, ça va pas le motiver plus que ça. Il grogne en direction de l'officiel une phrase pas très claire, quelque chose comme : « oh moi, me lever le matin », ou peut-être : « ça va me faire chier comme turbin », quoi qu'il en soit, ce n'est pas une de ces phrases positives qu'un nouvel embauché peut avoir à cœur de prononcer pour donner une bonne image de lui-même.

L'adjoint au maire grommelle en échange : « Je vais m'en occuper », ça Marco et Rocco l'entendent clairement, mais prononcé sur le ton de : « J'ai vraiment pas que ça à faire. » Si bien que Marco en partant se sent obligé de répéter les termes de l'accord. Il précise qu'il attend des nouvelles de la mairie sous dix jours avec une proposition pour Rocco de stage en entreprise comme apprenti mécanicien. Pour la fin de l'alphabétisation, Marco confirme qu'il dispense aussi des cours du soir, et qu'il poursuivra l'éducation de Rocco de cette manière.

En sortant, Rocco soupire que ben, ça va pas être drôle l'existence.

– Écoute mon grand, t'es un type bien, t'es l'aîné de mes garçons, tu dois donner l'exemple. Si tu y arrives, tous les autres vont y croire. T'as compris, t'es un modèle. J'ai confiance en toi. Tu as une responsabilité, une mission, c'est clair ?

Rocco est impressionné pas la solennité du ton. On ne lui a jamais rien confié et surtout pas de mission. Il a peur brusquement. Et s'il échouait ? Ça voudrait dire que sa vie est vraiment fichue, qu'il est bon à rien, définitivement, comme le disait sa fausse mère adoptive qui l'avait pris chez elle pour toucher l'argent de l'État. Mais si ça se trouve, il peut y arriver, puisque Marco (qui vaut mieux que tous ces trous-du-cul qu'il a croisés jusqu'ici) le dit.

À certains moments, comme celui-ci, Marco se réjouit d'être grand, de pouvoir s'imposer au moins par la taille auprès des garçons. Il les domine tous, même Rocco. La mairie leur a attribué un petit immeuble qu'on était sur le point de démolir. Très étroit, tout en hauteur. Au rez-de-chaussée, un coin-cuisine et une grande salle avec des tables des chaises qui servent à la fois de réfectoire et de salle de classe. Au premier, un salon de détente, avec des canapés ramassés dans la rue, une télé, une chambre (celle que Rocco partage avec deux autres garçons, de quinze et seize ans) et une salle d'eau. Au deuxième, cinq chambres assez petites, habitées chacune par deux garçons logés sur des lits superposés. Ce sont les « permanents » : des garçons entre sept et quatorze ans qu'on a estimé inadoptables (inadaptables aussi, l'un expliquant l'autre). Au dernier étage, la chambre de Marco, très mansardée, difficile de s'y tenir debout. Et une dernière chambre, sans occupant attitré. Elle sert aux enfants en transit. Elle est presque toujours occupée. Dès qu'un môme est proposé à une famille d'accueil, un autre est trouvé errant dans la rue. Les « permanents » ne sont pas généreux envers les « transits ». Les « permanents » n'aiment pas les têtes nouvelles, ils en ont assez vu.

Le plus jeune des « permanents » s'appelle Arturo. Il a été trouvé à trois ans, à moitié mort dans une poubelle. Entre trois et six ans, il a connu dix-sept familles différentes. Là, il a cassé le bras d'une petite fille, tué les canaris, ou écrasé les pattes d'un chien, ailleurs, il a brisé toutes les fenêtres ou crevé tous les matelas. À sept ans, il a le corps traversé par une cicatrice géante, un œil à demi fermé et surmonté d'une balafre (Marco a fait pour lui une demande de lunettes, mais la visite médicale se fait attendre), le nez de travers et déjà une des incisives supérieures cassée en deux (à peine poussée, déjà brisée). Après plusieurs mois passés à La Felicità (nom de la maison, qui finalement attendra pour être démolie), Arturo commence à se calmer. Marco a trouvé une institution qui l'accueillera bientôt (au cours de cette première année, Arturo a été viré de trois écoles primaires). En attendant, il apprend à lire et à écrire avec les trois grands, ceux dont le système scolaire ne veut plus, mais qui n'avaient jamais vu un alphabet de leur vie.

Le préféré de Marco s'appelle Gianni. Il doit avoir une dizaine d'années, il est doux, beau (comme un petit ange, disent les vieilles du quartier), blond avec des yeux bruns caressants, un sourire naïf. Il a été ramassé lors d'une descente de police dans un entrepôt de pneumatiques qui servait de repaire à un gang de petits truands. Ce qu'il faisait là, impossible de le savoir. Il avait huit ou neuf ans. Il ne parlait pas. Il se contentait de hurler si quelqu'un essayait de le toucher. Mignon comme il était, aucune mère d'accueil ne pouvait résister. Tôt ou tard, elle se retrouvait mordue jusqu'au sang. Marco pense que Gianni a été violenté, violé peut-être. Il n'essaie pas de s'approcher ni de savoir. Comme Arturo, Gianni fait partie de ceux qui étudient à La Felicità avec les grands. Les huit autres « permanents » vont à l'école le matin. Le midi et l'après-midi, Marco a la charge de l'ensemble de la collectivité. Pour les repas, il est aidé par une ancienne cantinière lassée des écoles. Pour le ménage, la mairie lui envoie une employée deux fois par semaine.

Ça s'appelle de l'organisation. Peut-être même que ça ressemble à un semblant de vie familiale, quoiqu'aucun des habitants de La Felicità n'ait la moindre expérience dans ce domaine. Pour accompagner Rocco à la mairie, Marco a laissé sa maisonnée se débrouiller l'après-midi. Résultat : un des mômes en a estropié un autre. Manolo, un des grands, explique que le couteau de Benito s'est fiché par hasard dans la cuisse de Paolo, sans aucune mauvaise intention de la part de l'envoyeur, que d'ailleurs, ça ne saignait pas suffisamment pour qu'on affole l'hôpital, que Paolo ne souffre presque pas. Le Paolo en question est à moitié évanoui. Replié en position de fœtus, il tient sa jambe blessée dans une grimace de douleur. Marco appelle le médecin qui officie dans la rue. Pour Manolo et Dani, les deux aînés, censés veiller sur la maisonnée : une semaine sans sortir. Pour Benito, deux semaines de retenue, confiscation du couteau, lettre d'excuses à Paolo.

– Petit crétin, crache Benito en passant devant Paolo.

Interceptée par Marco, la formule lui vaut une semaine supplémentaire de retenue et deux points de retirés. Au bout de dix points, c'est l'exclusion. Règle édictée par Marco sans l'accord des services municipaux, ce que les gamins ignorent. Personne n'est jamais parvenu aux dix points de retrait, car il faut savoir que les points peuvent également se gagner. Dani, qui est jadis arrivé à neuf points perdus, s'est brusquement ressaisi, gagnant cinq points en une semaine (s'occupant des courses, du ménage, surveillant ses mots, ses gestes) et le reste la semaine d'après. De fait, la menace est très efficace. Que deviendraient-ils, relâchés dans la rue ? La liberté absolue, ils l'ont connue, elle ne les attire plus. C'est une sirène glacée qui suscite la peur plus que la jouissance.

Travailler, Rocco ? Manolo et Dani rigolent jusqu'à ce que Marco leur annonce qu'il va falloir songer à les insérer dans la société eux aussi, qu'ils y réfléchissent ! L'effroi jaillit sur leurs visages. Marco n'arrive même pas à en rire. S'il n'y avait pas eu Gianluca, il ne vaudrait pas mieux qu'eux à l'heure qu'il est.

Expérience familiale (Santa Maria)

Après avoir dirigé une usine d'automobiles, Pablo Albarán est passé aux avions de guerre, s'est étendu à la finance, a monté parallèlement un cabinet de conseil en entreprise, etc. Il travaillait par goût et aussi par désespoir. Son épouse rechignait sur tout. Ses plaintes incessantes avaient fini par l'user. Il s'est lancé dans l'export, le commerce international, mais aussi la Bourse américaine, les affaires tous azimuts. Sans y trouver l'oubli de son échec.

Lorsqu'il a divorcé en 1964, Gianluca était déjà né, depuis trois ans, mais ça, c'est hors de la biographie officielle du personnage. Pablo s'est remarié l'année suivante, et peu à peu s'est décidé à rentrer vivre en Espagne. Pour y élever son dernier enfant : les deux premiers, Vincent et Béatrice, ne parlaient pas un mot de la langue de leur père, leur mère n'y tenait pas. Le troisième, le clandestin, il ne l'avait pas désiré et n'avait pas d'ambition particulière pour ce fils surprise. Le dernier, Pablo le voulait flamboyant, excessif, à son image. Il s'appellerait Pablo, comme lui, comme son grand-père. Il serait le conquérant, la revanche, le fantasme paternel. La bonne, sortant de la chambre de l'accouchée, demande au père :

– ¿ Comó se llama el bebe, señor ?
– Pablo Rubén.
– Es una hija, señor.
– ¡ Santa Maria ! Madre de Dios !

Ou comment l'expression d'une déception devient la marque d'un enfant.

La bonne courant auprès de l'accouchée :
– Bonito es el nombre de la niña : Santa Maria.

Fataliste, la mère a répondu :
– ¿ Santa Maria. Porque no ?

Así fue. La destinée prend des formes bêtes parfois, qui ne sont pas moins lourdes de conséquences que les autres. Un point commun entre elles toutes : impossible de revenir en arrière. Santa a consulté. Les psys s'accordent. Si elle n'avait pas tant voulu plaire à son père, elle aurait trouvé à se caser dans son jeune âge. Au lieu de ça, elle tombe à répétition sur des hommes qu'il faut séduire, épater, des hommes avec lesquels rien n'est jamais acquis. Ils disparaissent du jour ou lendemain, réapparaissent au hasard, comme Pablo. C'est usant. Ils pourraient même mourir, pourquoi pas ? Pablo est bien mort, lui.

Dans cette Espagne très catholique, encore attachée à ses traditions, le nouveau noyau familial de Pablo était une bizarrerie. Un homme déjà âgé, compte tenu de la démographie du pays, la cinquantaine. Une épouse de vingt ans plus jeune que lui, étrangère. Une fille unique. Une ambition démesurée la concernant. Comment la voir s'élever au-dessus de la masse compacte de ces gosses espagnols des années soixante-dix, de ces ados déjantés des années quatre-vingt, décidés à profiter de tout : de la légalisation de la marijuana à l'explosion de la *Movida*. Comment la

48

distinguer entre tous, elle et seulement elle, plus intelligente, plus belle, plus choyée que ces mômes fabriqués à la chaîne, tandis qu'elle représentait tous les espoirs de cet homme fascinant et génial que fut Pablo Esteban Albarán, méritant entre tous mais déjà suffisamment déçu par la vie.

Pour comprendre sa malédiction, elle relisait cette phrase de John Fowles (*Sarah et le lieutenant français*), la reprenait à son compte sans qu'il y eût à en changer le moindre mot, hormis le prénom : « La malheureuse [Ernestina] avait dû souffrir ce martyre qui, depuis toujours, fut le lot des enfants uniques : l'ombre pesante et sans cesse tourmentée et attentive de l'inquiétude familiale. »

Et puis un jour, la catastrophe s'abat sur Pablo. Comment est-ce possible ? Voici que la future reine d'Espagne, ce Nobel en sucre, cette nouvelle Greta Garbo, ce Cervantès femelle, comment peut-elle imaginer leur jouer un tour pareil ? Non ! à dix-huit ans à peine, elle décide d'entrer dans les ordres. Va s'enfermer dans un silence assourdissant. Les parents cherchent où l'éducation a péché. Ne comprennent pas. Suffoqués, la voient partir loin d'eux. Regrettent de l'avoir inscrite dans cette institution religieuse réputée pour y suivre d'excellentes et coûteuses études. Sont prêts à intenter un procès à cet ordre inconséquent qui profite de la faiblesse de ces jeunes âmes pour les endoctriner. La mère supérieure propose à Santa une retraite au pays Basque français. Puisqu'elle parle la langue. Au moins, ce cordon coupé par la frontière lui permettra de respirer hors du cocon familial. Sœur Sainte-Marie de l'Enfant Jésus.

L'avantage de ce prénom idiot, pense Santa, c'est

qu'elle n'a pas besoin d'en changer. Sœur Sainte-Marie, n'était-elle pas prédestinée ? Le parc qui entoure le couvent est joli. Les sœurs ne risquent pas d'être dérangées ou tentées. Pas de voisins à moins de cinq kilomètres à la ronde. Les silhouettes noires que l'on aperçoit des fenêtres étroites sont celles des pins. En bleu pâle, toutes les sœurs semblent glisser sur des patins tant leur pas est étudié. Jamais un mouvement brusque. Une douceur dans la parole. Être enfin comme tout le monde, une parmi tant d'autres, toutes pareilles, toutes solidaires. Des sœurs. Une grande famille. Unie autour du Christ. Amen. *Elle avait tellement rêvé de dire « ma sœur ». Et voici qu'il lui en venait des dizaines.*

Prière chaque matin avant cinq heures. Ventre vide. Matines. Petit déjeuner de pain sans beurre, de café clair, de confiture maison. Puis les corvées, les prières, les activités manuelles. Le déjeuner qu'on ne peut avaler que parce qu'on meurt de faim. Tout recommencer l'après-midi, et même cause même résultat au dîner. Après trois mois, elle avait perdu huit kilos. Et les sœurs, pas si amicales, peu « fraternelles » finalement. Se disputant l'amour de la mère supérieure, son attention, sa préférence. Une famille cannibale. Peut-être le fallait-il pour s'élever vers Dieu ?

Mais les parents ne laisseraient pas un tel destin s'accomplir. Auraient-ils vécu pour rien ? Pour que d'autres profitent à leur place de cette éducation exceptionnelle, de cette surveillance de chaque instant, de cette affection bienveillante qu'ils ont su dispenser avec tant d'harmonie. Ils ont peu de temps pour agir. La visite aux novices est réglementée. Comme celle des prisonnières. La scène du parloir sera décisive. Après, ils ne la reverront que dans neuf mois, au moment de prononcer ses premiers vœux. Il leur faut agir. Ils sont là, têtes penchées l'une contre l'autre, la regardant avec commisération. Pablo a décidé de sortir le grand jeu. Il parle avec fermeté et douceur. Elle ne peut pas suivre cette voie. Ah bon ? Elle ne voit pas ce qui l'en empêche, si ce n'est ce malaise qu'elle ressent parfois, comme si là encore, elle était exclue. Comme si elle ne pouvait être vraiment leur sœur. Mais de cela, elle ne dit rien à ses parents. Ne pas leur donner l'occasion de pavoiser. De toute façon, ils s'en moquent. Ils suivent leur idée à eux. Ils ne se sont jamais préoccupés de cette solitude qui a commencé à la tuer alors qu'elle avait à peine douze ans. Il est juste question de ne pas laisser perdre une belle fille comme ça sous le voile. Et puis, elle ne peut pas choisir cette vocation. Elle n'y est pas autorisée. Autorisée ? Enfin, ce n'est pas le terme exact. Disons, elle n'y est pas invitée. Ce n'est pas sa religion. Comment ça, pas sa religion ? N'a-t-elle pas été baptisée dans la petite église de San Miguel ? N'a-t-elle pas suivi les enseignements de l'Église ? N'a-t-elle pas communié en blanc ? Certes. Mais tout cela n'était qu'une façade, une protection, ce n'était pas sérieux. Comment pas sérieux ? Ne l'ont-ils pas justement nommée Santa Maria dans ce but ? Sœur Sainte-Marie vouant sa vie au Christ ? Eh bien justement non, il n'est pas correct qu'elle voue sa vie au Christ alors que sa famille maternelle est tout ce qu'il y a de plus juif. Qu'ils ont failli laisser leur peau dans la tourmente de la Seconde Guerre. Et qu'il ne faudrait pas trahir la mémoire de tous ces malheureux, exterminés. Comment ?

C'est la première fois qu'on évoque une chose

pareille devant elle. Michèle Robin, vraiment, ça n'a rien de juif, comme nom. Même si sa mère se fait appeler Mikaela. Mais ça, c'est juste pour la consonance espagnole. Michèle, ça fait si français et sa mère n'aime pas la France, elle le sait. Mais juif ? D'où sortent-ils une révélation pareille. Ne serait-ce pas un nouveau mensonge destiné à la dissuader de cette vocation ? Elle refuse d'y croire. Pourquoi ne pas l'avoir élevée dans sa vraie religion alors ? Pourquoi cette éducation si catholique, cette mascarade ? Cette mise en scène d'une enfance tronquée ? Pourquoi l'ont-ils laissée s'embarquer dans cette expérience absurde ? Elle voudrait pleurer, mais ce n'est pas le moment. Elle perçoit nettement le ridicule de la situation. Et ce prénom, alors, Santa Maria ? Une ruse ? Non, une protection. La mère intervient, tranchante. Santa est trop jeune pour comprendre. Si elle avait connu la guerre, elle les remercierait de l'avoir si bien mise à l'abri du péril brun. Santa n'en croit pas ses oreilles. Au moment où sa vie perd son sens, où elle voudrait disparaître, se supprimer, elle est invitée à remercier ses parents.

Il est temps que tu rentres à la maison, a conclu Pablo. Et comme elle n'était plus en état de prendre des initiatives, elle s'est laissé embarquer dans cette Mercedes qu'elle trouvait vulgaire. La mère supérieure la crut malade (elle était si pâle). Lorsqu'elle rendit son voile et sa robe, on prit conscience de sa maigreur. La mère supérieure ne tenta pas de la retenir. Qu'adviendrait-il de sa réputation si cette jeune fille décédait ? Hein ? La fille d'un proche de Juan Carlos. Pour le coup, ça ferait désordre. Dans cet ordre. Non. Bon voyage. Fin de l'existence de sœur Sainte-Marie, dite, à ses heures, de l'Enfant Jésus.

Vie de Pablo (2)

Pablo, l'homme montant, celui dont on parle, dont les affaires réussissent. Un étranger à l'accent puissant, au torse de paysan, qui s'offre un hôtel particulier à Neuilly. Dont les enfants fréquentent les écoles les plus chères de l'Ouest parisien. Dont la prestance lui assure tous les succès. Les femmes aiment ces corps de brutes, enrobés de beaux vêtements (pantalons parfaitement coupés, vestes tombant au millimètre près), d'une fine pellicule de graisse attestant qu'ils sont bien nourris et n'ont pas tout le temps voulu pour se dépenser, ainsi que de nombreux muscles qui semblent proclamer quelque exploit de jeunesse. Il est l'homme qui a pris sa revanche, qui a écrasé le souvenir de son père. Celui dont on veut être l'ami, le collaborateur. Tout ce qu'il touche devient or. Pablo-Midas. Malheureux comme le roi de Crète. Sa femme ne cesse de râler, ses enfants sont des ânes. Que vaut une vie sans tendresse ? Les femmes ne demandent qu'à le câliner. Il s'abandonne parfois. Comme auprès de cette Italienne, ta grand-mère. On ne sait pas comment il l'a rencontrée. Était-elle secrétaire dans un des organismes romains avec lesquels il traitait ? Était-elle une prostituée ? Ou seulement femme légère, ou bien follement amoureuse. Va savoir... Même Gianluca n'en parlait pas. Pablo, le lion, le rugissant, n'en avait fait qu'une bouchée. Pas question de l'épouser, de s'y attacher, de s'y attarder. L'enfant ? Qui sait seulement d'où il venait. Voilà, ce qu'ils disaient tous. Pablo, le gentleman, n'aurait pas laissé sans ressources une femme seule avec un bébé. Gianluca est né pauvre, mais pas abandonné. Pablo le visitait une fois l'an. À notre insu, à tous.

S'il a divorcé, ce n'est pas pour se lier avec cette femme de passage, cette Graziella obscure. C'est autre chose, un attendrissement, un souvenir de jeunesse. La petite Miche, celle qu'il a portée sur son dos sur des dizaines de kilomètres, ne s'appelle plus Miche, comme une pauvre petite venue de la guerre, mais Micki, une jeune femme dans le vent, vingt-cinq ans, libre, à moitié orpheline (le pauvre père Robin, si fragile, n'a pas survécu longtemps à la Libération), honnête travailleuse, elle seconde sa mère dans les travaux d'aiguille, des rêves de réussite dans la tête (elle veut devenir styliste, créer ses propres collections). Pablo s'est surpris à reprendre espoir. Et si la vie lui offrait enfin une moitié digne de lui ? Pour la petite histoire, du temps où elle s'appelait Miche et n'avait que huit ans, elle fut demoiselle d'honneur au mariage de Pablo et de Monique. Elle tenait comme le Saint-Sacrement la traîne de la mariée.

La vie les avait séparés. Pablo, la famille, le travail, les déceptions. Miche, l'école, les copines, les chagrins. Ils se sont retrouvés par hasard. Il a croisé la mère, Lucie Robin, rue Rambuteau. Coïncidence. La vieille ne sortait quasiment plus de chez elle, il ne venait jamais dans le quartier. Ce jour-là, Micki était absente et il fallait acheter du beurre. Il rendait visite à un banquier de ses relations, cloué au lit, rue du Temple. Culpabilisé d'apprendre avec tant de retard le décès de Rubinstein-Robin, d'avoir manqué les obsèques et les condoléances, il dit que oui, cela lui ferait plaisir de revoir la petite Miche.

Ma mère se souvenait de lui avec clarté. Il avait été le soleil de son enfance. Peu de temps après, Lucie, ma grand-mère s'est éteinte. Pablo a divorcé et épousé ma mère. Ils sont rentrés en Espagne avant qu'elle soit enceinte. C'était la condition. Pour l'un comme pour l'autre. Elle le suivait s'il lui faisait un bébé. Il lui faisait le bébé si elle acceptait de s'installer à Madrid. C'est ainsi que fonctionnent les sociétés. Don. Contre-don. Le don : l'acceptation de l'exil (par elle). Le contre-don : l'acceptation du bébé (par lui). *Je suis une monnaie d'échange.*

Expérience familiale (Micki)

Enfant, Santa aimait beaucoup sa mère. Elle était drôle et douce. Durant les années soixante-dix, et même au-delà, Micki a conservé sa silhouette juvénile, longue, svelte, anorexique peut-être, des cheveux très courts qui lui donnaient un air de garçon, un visage pointu. Les commerçants les prenaient parfois pour des sœurs. Micki portait souvent des jeans, avec des talons hauts. Santa la trouvait à la fois jolie et décalée. Les mères de ses copines avaient du ventre, des robes robustes, des chaussures confortables. Micki n'avait pas conscience d'être à ce point différente de ces Espagnoles auxquelles elle souhaitait tant être assimilée. Enfant, puis adolescente, elle s'était sentie si humiliée par ses parents, leur accent, leur misère.

Santa accompagnait sa mère à la messe tous les dimanches sans rien soupçonner. Plus tard (après sa désastreuse expérience religieuse), Micki se justifierait en invoquant la politesse de l'invité : lorsqu'on vit dans un pays, on adopte ses coutumes. La vérité est qu'elle avait rêvé jadis de faire sa communion pour porter une robe en dentelle, blanche comme la pureté divine et que l'espoir de sa vie était d'en revêtir un jour sa fille. Santa, accablée, finit par comprendre que sa mère avait tenté, en Espagne, de s'inventer une autre vie dans laquelle elle n'aurait pas été pauvre, elle n'aurait pas été juive, elle n'aurait pas manqué d'un père. Depuis son mariage, Micki se déployait dans une sorte de conte de fées, son couple était un exemple de bonheur, son intérieur le plus joli et le plus à la page, son enfant le mieux élevé de tous. Cette image, Santa n'avait jamais songé à la remettre en cause. C'est pourquoi chaque coup de canif déchirant l'icône avait été comme planté dans son cœur.

Il y avait, sur la commode du salon, une curieuse photo de ses parents. Lui, déjà un homme à l'œil perçant, à la lèvre volontaire. Elle, une enfant légère, assise sur les épaules de l'homme, ses mains posées sur les cheveux drus et noirs. Sur ses lèvres un sourire triomphant : par lui, Santa se laisserait emporter au bout du monde. Enfant, Santa entrevoyait confusément l'incongruité d'un tel cliché. Que faisait sa mère, en 1943, dans leur jardin de San Miguel ? Mais elle n'allait pas chercher plus loin que cette évidence assénée depuis toujours que la petite Michèle était fille d'amis de Pablo. Sans autre explication. Peut-être parce qu'elle n'avait pas connu le couple des petits tailleurs. Ses grands-parents. Elle ignorait qu'ils étaient juifs. Elle était assidue au catéchisme. Santa Maria, *madre de Dios*.

Cette photo, lorsqu'elle devait y penser, bien des années plus tard, après la mort de Pablo, recelait quelque chose d'anormal. Ce couple de parents composé finalement d'un homme déjà fait et d'une minuscule petite fille ne ressemblait à aucun autre. Chez ses amies, dans les cadres, on voyait des parents de même taille et d'âge adulte, souvent le jour de leur mariage. C'était ça, l'ordre des choses. Pourquoi Micki tenait-elle tant à exposer ce souvenir dans leur salon ? Considérait-elle Pablo, elle aussi, comme une sorte de père ?

La mère était joueuse, autant que la fille. Elles se défiaient aux cartes, aux échecs, aux dames. Elles étaient comme deux amies, deux sœurs peut-être. Il était impensable que le mensonge pût exister entre elles. Santa n'avait pas encore conscience d'être un jouet entre les mains de sa mère, un jouet pour la distraire, mais aussi un instrument de séduction vis-à-vis de Pablo. Élever son enfant mieux que l'autre épouse n'avait élevé les siens. Un enjeu. Santa sentait cette ambition que l'on plaçait en elle et cela l'intimidait. Parce qu'on lui offrait les meilleurs professeurs pour venir la faire travailler à la maison, elle obtenait des résultats brillants, mais en public elle n'ouvrait presque pas la bouche. Ses parents la gênaient. Son père prenait toute la place et sa mère attirait les regards. Malgré ses efforts pour se conformer aux usages, Micki n'avait pas la même allure que les femmes espagnoles. Des hanches trop étroites, des ongles courts, jamais peints, une silhouette adolescente, un seul enfant, et ce vieux mari qui aurait pu être son père. Micki, qui avait soif d'appartenir à une majorité, parlait presque exclusivement l'espagnol (si Pablo n'avait pas imposé qu'elle apprît à sa fille le français peut-être lui aurait-elle caché jusqu'à sa nationalité), mais avec un accent. Elle s'occupait dans la maison en changeant la décoration des pièces d'un mois sur l'autre (puisque Pablo ne l'autorisait pas à travailler) et avait le sentiment d'être une gentille femme au foyer, normale (mais aucune

Espagnole de ces années-là n'avait le moindre goût pour la déco), alors qu'elle ne mettait presque jamais les pieds dans la cuisine et ne s'attablait que rarement. La bonne préparait les repas et nourrissait l'enfant. Lorsque Pablo rentrait, Micki aimait le servir à table, le regarder manger en prétextant qu'elle n'avait pu se retenir de grignoter un peu avec Santa. En fait, elle ne mangeait presque jamais. Elle n'arrivait pas à vieillir, à s'accepter avec un corps de femme. Aux yeux des voisins et amis, les Albarán formaient un curieux trio.

Santa adorait sa mère, laquelle n'avait d'yeux que pour Pablo. Et Pablo était fou de Santa. Alors forcément, le jeu n'était pas bien équilibré. Même avant que tombent les masques.

Rupture (3)

« Ici, chez toi, j'ai été femme-poupée, comme j'étais
la petite poupée de papa. »

Elle se souvient qu'en prononçant cette réplique
d'Ibsen, elle avait cru se comprendre. Elle était Nora.
(Enfant, sa mère l'appelait *mi muñeca* : ma poupée.)

« Il faut que je fasse en sorte de m'éduquer moi-
même. »

Elle y songeait, avec sincérité. Elle se sentait depuis
toujours comme un pantin ballotté par les courants.
Le texte lui parlait. À cette époque, peu après la
disparition de son père, elle venait d'abandonner une
carrière heureuse et bien payée de mannequin. Elle
refusait d'être une poupée. Elle se lançait dans le
théâtre. Elle prenait son destin en main.

« Comment tu n'as pas été heureuse ?

– Non, je n'ai été que gaie. »

Elle perçait gentiment. Nora était son deuxième
moi. Le metteur en scène était un peu amoureux
d'elle. Mais il n'était plus question de se laisser manipuler. Elle l'avait éconduit. Et lentement, son succès
s'était éteint. Sur le moment, elle avait pensé contrôler
sa vie. Elle jouait sur une vraie scène, elle était prête
à se battre pour obtenir la garde de Marcantonio,

puisque personne ne souhaitait s'en occuper. Elle avait vingt-six ans, savait qu'il lui fallait se stabiliser. Elle pensait abandonner très vite son petit boulot de serveuse au Kalhua Café, pour se consacrer au théâtre. Puis Marco avait fui, le metteur en scène lui avait préféré une autre Nora, plus complaisante. Elle n'obtenait plus que des seconds rôles, proposait des ateliers pédagogiques comme celui qui l'avait placée sur le chemin de Rafael. Elle ne bataillait pas comme il l'aurait fallu. Enfin le temps a passé, sans qu'elle s'en rende compte.

Les amateurs qu'elle dirige aujourd'hui, et qui ont tous, en moyenne, soixante-quinze ans, s'amusent beaucoup. Elle leur fait jouer Courteline. Il y a peu de personnages. Chaque rôle est appris par plusieurs personnes, ainsi un absent trouve un remplaçant et la pièce peut continuer.

Deux heures par semaine, une douzaine de retraités oublient ceux qu'ils ont été durant leur vie. Ils rient. Santa a ses préférés. N'ayant pas connu ses grands-parents, elle trouve amusant de s'en inventer. Il y en a une qui est pour elle une vraie grand-mère de substitution.

– Tu vois Colette, je croyais m'être habituée à la solitude. Mais la solitude quand tu sais que l'autre va revenir un jour, même furtivement, ce n'est pas la même que celle que tu éprouves lorsque tu as la certitude qu'il est parti pour de bon. Je pensais savoir remplir le vide. Je découvre que je n'ai plus les ressources pour y parvenir. Je me contente de souffrir sans pouvoir agir.

– Si tu souffres, c'est un bon point pour toi. Il arrive un temps où l'on n'a même plus cette capacité. La vie te glisse dessus comme la pluie sur les ailes d'un canard.

Colette a été un professeur éminent à l'Institut supérieur de physique-chimie. Elles vont boire un thé chaque jeudi après le cours. Avant, Santa ne parlait pas de Rafael. Ce n'est que depuis qu'il est parti qu'elle éprouve le besoin de raconter son histoire, car une rupture ressemble à une autre et peut être comprise de tous, tandis qu'une liaison est unique et n'appartient qu'à ceux qui la vivent.

– Un jour, tu auras la surprise de te réveiller en chantonnant, la tête pleine du désir d'un autre. Tu ne l'auras pas vu venir. Il sera là. La vie est cyclique. Elle se dessine comme une sorte de spirale. Les hauts et les bas reviennent, avec une certaine régularité, pas au même endroit, toujours un peu plus loin, un peu différents. On finit par reconnaître les courbes. On s'habitue à anticiper la tendance. J'ai confiance en toi. Tu n'es pas encore assez vieille pour renoncer. Pour moi, c'est trop tard. La spirale est peut-être là encore, seulement mon âme a décidé de marcher à côté. Je ne ressens plus grand-chose.

– Je marcherai bien à côté dès maintenant.

Colette rit. Ses yeux clairs paraissent tout petits au milieu des rides.

– Tu vas guérir. Ton malheur n'est pas si grand. Au contraire, tu vas explorer de nouvelles pistes. Tu connaîtras des bonheurs décuplés.

– Si tu le dis.

Sans y croire vraiment, elle est contente d'entendre ces mots-là. Ce sont ceux dont elle a besoin. Elle soupçonne confusément Colette de les prononcer par complaisance. Et alors ? Elle pourrait s'en persuader.

Héritage (les quatre Albarán)

Paris, novembre 1993

Sa manie d'arriver en avance. Elle était plantée depuis un quart d'heure devant la porte cochère de l'immeuble qui abritait cette étude de notaire. Elle les a vus arriver ensemble : Vincent et Béatrice. Lui, carré, cheveux courts, grisonnants, costume gris, bien coupé, et cravate, un certain calme, l'homme qui a fini par réussir. Elle, blonde, grande, de la même taille que lui en fait, allure sportive, parka vert bouteille, BCBG. Ils se parlaient, têtes penchées l'une vers l'autre. Un frère et une sœur. Des vrais. De la même mère, du même père. Ils ont cessé leur conversation en l'apercevant. Une demi-sœur. Ce n'est pas la même chose. Ils l'ont saluée, ils ne pouvaient pas ne pas la reconnaître, même s'ils la voyaient peu souvent. La fille de l'étrangère (oubliant que Micki était née française). L'Espagnole. Ils lui ont demandé presque en même temps : « C'est qui ce bâtard, tu étais au courant ? » Elle l'était, depuis plus d'un an, mais elle ne l'avait jamais rencontré. Elle ne souhaitait pas leur donner l'impression que Pablo lui avait fait des confidences, qu'elle avait entretenu avec leur père des relations privilégiées. Depuis toujours, elle s'appliquait à se rabaisser à leurs yeux, espérant qu'ainsi ils l'en aimeraient davantage. Elle rougit en haussant les épaules : « Je ne le connais pas plus que vous », ce qui, d'un certain point de vue, n'était pas faux. Ils ont soupiré. *Le vieux nous en aura fait baver, jusqu'au bout*, aurait-elle pu les entendre penser. Comme Gianluca n'arrivait pas et qu'il était l'heure, ils sont montés tous les trois en silence vers l'étude. Le notaire ne les fit pas patienter, il se montra très prévenant, envers Vincent surtout. L'aîné des Albarán venait d'obtenir, après trois sévères défaites, son premier mandat de député. Béatrice avait sa respectabilité, elle aussi, en tant qu'épouse d'un chef de clinique important de l'Ouest parisien. Santa n'avait pas encore abandonné officiellement sa carrière de mannequin (elle jouissait d'une petite notoriété), et l'on sentait que l'officiel ne la regardait pas vraiment en face, comme s'il avait peur de se brûler au regard d'une femme de mauvaise vie. Il se perdait en condoléances inutiles car Pablo était enterré depuis près de sept mois, et qu'on n'était pas là pour le pleurer. Gianluca apparut à temps, au moment où plus personne ne trouvait rien à ajouter pour meubler l'embarras. Il était maigre et portait des boucles brunes et longues, démodées. Le notaire le pria de s'asseoir et annonça qu'il allait procéder à la lecture du testament. Étrange façon de lier connaissance. On commença par décliner les noms, dates de naissance et qualités des protagonistes.

– Vincent Paul Albarand (après son premier échec à la députation, il s'était battu et avait obtenu au *Journal officiel,* par on ne sait quel piston, la francisation de son nom), né le 1er novembre 1947 à Paris, de Monique Girod et Pablo Albarán, député de l'Oise, avocat d'affaires. Béatrice Claire Albarán, épouse Dupuis, née le 2 février 1949 à Paris, de Monique Girod et Pablo Albarán, femme au foyer. Jean-Luc Albarán, né le 3 septembre 1961 à Rome (à l'énoncé de la date, on vit clairement Béatrice et Vincent se regarder avec effroi, manifestant par là qu'ils avaient jusqu'alors ignoré que l'enfant était adultérin), de Graziella Nonza et Pablo Albarán, pianiste. Sainte-Marie Albarán, née le 28 mai 1968, à Madrid, de Michèle Robin et Pablo Albarán, mannequin.

La traduction des prénoms rendait la scène surréaliste. Santa n'avait plus le sentiment d'être concernée par cette succession. Elle souhaitait seulement que Gianluca ne s'imagine pas qu'elle traversait son existence affublée de ce prénom ridicule. Il lui prenait soudain une grande envie d'être aimée de ce nouveau frère qui lui parut encore plus seul et perdu qu'elle. Elle sentait monter les regrets. Qu'il eût été doux de grandir avec un frère comme Gianluca.

Il lui aurait appris à se tenir sur un vélo sans petites roues et aurait soigné ses blessures. Il l'aurait insultée en italien, mais aurait manqué d'étrangler Pedro, la terreur de l'école, en lui promettant de lui éclater la tête s'il osait toucher une seule fois à sa sœur. Il lui aurait tenu la main dans le jardin de San Miguel en lui jurant qu'elle ne serait jamais seule puisqu'il était là, lui. Il se serait disputé avec sa belle-mère mais pour finir Micki l'aurait appelé *hijo*. Le père aurait dit d'eux « mes cadets », comme il disait « mes aînés » en parlant de Vincent et de Béatrice. À quinze ans, elle aurait fugué, quitté l'Espagne en stop pour le rejoindre en Italie. Il l'aurait présentée à ses copains et elle serait tombée amoureuse d'un Italien de l'âge de son frère, majeur et insouciant, qui aurait fini par la laisser choir après de belles promesses au bord du Tibre. Elle l'aurait surpris dans les bras d'une autre, aurait pleuré des heures et Gianluca l'aurait consolée avant de la raccompagner chez ses parents auxquels il aurait fait promettre la clémence. Tout cela aurait bercé son enfance et son adolescence. L'amour n'aurait pas été ce manque, ce trou béant qui grandissait en elle avec les années.

Le notaire entreprit d'énumérer l'ensemble des biens constituant la succession. Gianluca restait impassible. À croire que cette histoire le concernait à peine. Vincent et Béatrice verdissaient au fur et à mesure qu'ils comprenaient l'ampleur du désastre. Pablo Albarán n'était pas un homme riche. Il avait gagné de l'argent à une époque de sa vie, sans songer à l'épargner. Il avait vécu sans penser à la retraite, et la mort lui avait donné raison. Son acquisition la plus spectaculaire, l'hôtel particulier de Neuilly, il l'avait faite au début de sa carrière. Il l'avait abandonné sans trop de regret parce que ce cadeau royal le déculpabilisait de quitter sa famille, et aussi parce qu'il espérait en finir avec les récriminations de sa première épouse. Il possédait aussi la maison de ses ancêtres en Castille, la moitié d'un appartement à Madrid, un cabinet d'avocat à Paris qu'il partageait avec Vincent, la moitié de la clinique de son gendre, des placements financiers. Dans l'esprit de Vincent, le partage devait être assez simple. Il récupérait la totalité du cabinet d'avocat, la maison de Neuilly qu'il n'avait jamais quittée et partageait avec sa mère. Béatrice pouvait prétendre aux titres sur la clinique, et à une grande partie des valeurs mobilières. Quant à Santa, ils lui abandonnaient la partie espagnole, prêts à la dédommager de la somme nécessaire. La présence du quatrième larron fichait tous ces calculs en l'air. Il allait falloir vendre, mais quoi ?

Santa se fichait bien du petit château en Espagne, même s'il avait appartenu à un aristocrate de ses ancêtres. À quoi pouvait lui servir une maison de famille dès lors qu'elle n'avait pas de famille à y recevoir ? Même sa mère n'y allait presque jamais. Elle se contentait de sa vie madrilène, de son appartement, dont une moitié lui appartenait en propre.

Vincent avança que la loi française ne reconnaissait pas aux enfants adultérins les mêmes droits qu'aux enfants légitimes, que ceux-ci ne pouvaient prétendre qu'à la moitié de ce que recevaient les autres. Mais le notaire écarta cet argument en s'appuyant sur l'existence du testament. Pablo avait été explicite : ses biens devaient être répartis équitablement entre ses quatre enfants.

Vincent demanda alors à ce que les possessions de Gianluca, en Italie, soient prises en compte, ou en tout cas vérifiées, car il se pouvait que leur père y ait acquis quelque bien immobilier ou fait quelque investissement. Gianluca dit, avec un léger accent italien, que le notaire pourrait avoir accès à tout. Qu'il ne possédait pas grand-chose, que cela irait vite.

La séance fut levée sans que rien n'eût été décidé. Le notaire annonça qu'il les convoquerait de nouveau d'ici plusieurs semaines, voire plusieurs mois, et tous comprirent que cette affaire allait traîner en longueur.

Expérience familiale (Gianluca)

Face à face sur un trottoir, abandonnés par des aînés furieux d'avoir été floués. Elle, l'élégance naturelle de la fille habituée à se mouvoir sous l'œil des photographes, des cheveux noirs et soyeux pour soigner le look de gitane que l'agence trouve si vendeur. Lui, trente ans et des poussières, tout aussi sombre, tout aussi mince, mais dans un genre plus disloqué, mal dans sa peau et dans son être. Muet, regardant les pavés d'un air indécis. Ses cheveux longs passés de mode. Son pull noir, trop grand élimé. Son jean noir, trop serré pour l'époque. Dégaine d'épouvantail. Il lui tend une cigarette. Elle l'accepte. Ils s'allument à la même flamme. Elle prend les devants : où va-t-il ? A-t-il seulement un endroit où dormir dans cette ville ? Oui, des amis musiciens le logent à Montreuil. Mais il a le temps, il peut la raccompagner, il est en moto. Elle s'étonne de la fierté qu'elle éprouve à monter derrière lui, à mettre ses mains autour de sa taille. C'est l'image qu'ils donnent. Ce naturel. Comme si cela leur était habituel de circuler à deux, frère et sœur, à califourchon sur un engin de l'enfer. L'idée de mourir avec son frère comme s'ils s'étaient connus toute leur vie lui plaisait. Qui saurait en recueillant leurs deux corps que ce matin encore ils ne s'étaient jamais vus ? Détachés de leurs mémoires, des corps ordinaires, liés dans une éternité fraternelle.

Mais ils n'étaient encore que deux inconnus sur une moto, roulant vers une bataille autour d'un héritage qui aurait raison d'eux. Elle sentait le pull de Gianluca sous ses doigts en songeant qu'il eût été moins douloureux de n'avoir pas de frères du tout plutôt que ces fantômes qui passaient sans s'attarder dans sa vie.

Elle habitait déjà son appartement des Halles. Il était en travaux. Elle venait d'acquérir un pigeonnier situé au-dessus de son studio et s'efforçait de réunir les deux harmonieusement. Elle avait gagné pas mal d'argent en six ans avec son métier de mannequin. Ses parents n'avaient pas osé la retenir en Espagne. À leurs yeux, n'importe quoi serait toujours mieux que le couvent. Et puis, ils n'étaient pas fiers d'eux. À Paris, elle aurait préféré s'appeler Maria. Mais la directrice de l'agence qui l'engagea comme top model trouvait que ça la typait concierge. Santa lui plaisait d'avantage, ça évoquait Madonna. Sexe et foi. La recette du succès. Elle s'était soumise. Après tout...

– C'est mignon chez toi.

– Et chez toi ?

– Je n'ai pas de « chez-moi ». Je n'en ai jamais eu vraiment.

– Comment ça ?

– J'ai eu un « chez-ma-mère », pas grand, pas riche, propret, avec des napperons en dentelle, tu vois le genre.

Elle voyait, oui, mais elle ne pouvait pas imaginer une seconde son colosse de père aimant une femme

proprette qui décorait son intérieur avec des napperons en dentelle.

– J'ai eu un « chez-mes-beaux-parents », dans le
sud de la France, à côté de Vence. Pour leur retraite,
ils avaient acheté une petite maison avec un jardin
dans l'arrière-pays. Quand on s'est mariés, Dominique était déjà enceinte. Ils étaient contents de voir
naître la troisième génération. On est restés vivre avec
eux. Ça ne me dérangeait pas. J'avais un bon emploi
dans un bar à Antibes. Ils avaient toujours peur pour
moi, parce que je rentrais en moto à cinq heures du
matin. J'avais beau leur expliquer que ce sont les
clients qui boivent, pas le pianiste, ils demeuraient
inquiets, c'était leur nature. Je suis resté là longtemps.
On ne risquait pas de se disputer, ma femme et moi,
on ne se voyait presque jamais. Au bout d'un moment,
elle s'est lassée de vivre avec un papillon de nuit. Elle
m'a trompé avec un de ses collègues de bureau. J'ai
mis du temps avant de m'en apercevoir. Ça m'a fait
un choc quand elle a demandé le divorce. Ma belle-
mère a dit : « Mon pauvre vieux, vous ne voyez jamais
rien venir. Vous vivez dans votre bulle. » Elle m'a
proposé de rester chez eux, dans la chambre d'amis.
Ça ne me disait rien. Je suis parti à Venise. J'ai été
engagé pour jouer dans un bar d'hôtel. C'est ça mon
« chez-moi », l'hôtel. Plus tard, j'ai récupéré mon fils,
parce que ma femme avait suivi son nouveau mari en
Amérique latine et qu'ils ne voulaient pas s'encombrer d'un enfant. Mes beaux-parents acceptaient de
le garder, mais le petit ne voulait pas, il se montrait
difficile, il me réclamait. Tout le monde semblait
penser qu'il serait bien avec moi. Bon, je l'ai pris, à
l'hôtel. Il allait à l'école au bout de la rue. Il prenait

ses repas au restaurant avec moi. Il faisait ses devoirs en m'écoutant jouer du piano. Puis, la direction de l'hôtel a estimé que ce n'était pas sain pour un gamin de traîner dans un bar d'hôtel. On m'a dit qu'il y avait un très bon institut pour garçons près de Venise, qu'il s'y ferait des copains, qu'il pourrait me voir tous les week-ends. C'est vrai que c'était mieux pour moi aussi. Je me suis senti plus libre lorsqu'il est parti. Voilà, ça fonctionne comme ça, assez bien.

Il parlait avec détachement, comme si ce n'était pas sa vie, mais celle d'un double un peu flou. Sa voix était douce, son accent à peine perceptible. Il ne gardait aucune rancœur à sa femme qu'il n'avait jamais revue, qui vivait depuis lors au Venezuela avec son nouveau mari, et deux ou trois enfants de plus. Elle n'avait jamais souhaité entretenir une relation avec son fils aîné. Elle se contentait d'une carte, pour Noël, pour son anniversaire. Les grands-parents en étaient blessés. Ils s'interrogeaient sur ce qu'ils avaient raté dans l'éducation de leur fille. Cette indifférence anormale envers l'enfant. Gianluca les rassurait, il comprenait lui, il ne jugeait pas. Chacun a le droit de recommencer sa vie sans s'encombrer de la précédente.

Comme Pablo. Il ne servait à rien de lui en vouloir. C'est elle, la mère de Gianluca qui n'avait pas voulu regarder la réalité en face.

– Ma mère a cru qu'elle l'enchaînerait par l'enfant. Elle était sincère, elle y croyait. Il a accepté de me reconnaître, de me voir, de financer mes écoles, mes vacances. Ce n'était pas si mal. Elle s'était enfermée dans l'illusion qu'il divorcerait, puis qu'il l'épouserait. Il n'avait jamais rien promis de tel. J'ai trouvé des lettres de lui attestant qu'il avait, au contraire, tenté de la convaincre de ne pas compter sur lui, certaines datant du temps où elle était enceinte. Je me souviens de l'époque où ma mère a changé lorsqu'elle a compris enfin sa méprise. De ma petite enfance, j'ai le souvenir d'une femme gaie, coquette. Elle espérait. Elle a découvert enfin qu'il avait divorcé sans jamais lui en parler, qu'il s'était remarié avec une autre. Je devais avoir sept ans. Je suppose que ce devait être au moment de ta naissance. Alors elle a réalisé la vacuité de son espérance. Son effroyable colère me paraissait sans limites, elle criait comme si nous, son entourage, étions les coupables, elle brisait ce qu'elle pouvait dans l'appartement. Et puis, elle s'est effondrée, vaincue. Elle est devenue grise, terne, une vieille femme avant l'heure. Elle l'est restée. Lui, il a continué à nous rendre visite chaque année. Il descendait dans un hôtel en face de chez nous et, pour une semaine, il me gardait avec lui. Si ma mère n'en avait pas tant souffert, je me serais accommodé sans mal de ce père épisodique. Il me suffisait de savoir qu'il existait, qu'il ne m'oubliait pas. Marcantonio sait qu'il a une mère, qu'elle pense à lui deux fois par an. Ce ne sont pas des enfances enviables, mais on s'y habitue.

Cette étrangeté : entendre parler de Pablo comme du père d'un autre. Elle était troublée. Il se dégageait de son frère un charme discret. Ce calme, cette douceur. Elle se demandait si elle aurait pu tomber amoureuse d'un homme comme lui s'il n'avait pas été son frère. Impossible de le savoir. L'interdit était trop profondément ancré en elle.

Ce soir-là fut aussi celui où elle découvrit l'existence de Marcantonio. Il allait sur ses quatorze ans.

Expérience familiale (les aînés)

Madrid, 1979

Ils l'avaient convoquée. Les parents affichaient une drôle de tête, un peu cérémonieuse, comme pour lui annoncer une mauvaise nouvelle et cela l'avait impressionnée. Toutefois, en y songeant mieux, il ne s'agissait pas expressément d'une convocation, la scène se passait à la table du petit déjeuner. De fait, c'est de leurs visages dont elle se souvenait. On était au début de l'été, les vacances allaient commencer et sa mère avait annoncé :

– Nous allons bientôt recevoir une visite. Ton père va t'en parler.

C'était une curieuse entrée en matière et Pablo paraissait plutôt embarrassé de devoir s'exprimer. Il reprit du thé. La mère soupira (il semble que cela devait devenir une habitude dans cette famille, que les secrets de l'un soient révélés par l'autre) :

– Des parents de ton père vont venir passer le début des vacances avec nous.

– Ah ! Je peux avoir une autre tartine ?

Elle avait environ onze ans, deux longues nattes qui lui donnaient des airs de squaw.

– Tu as entendu ? a demandé la mère.

– Oui. On reçoit des cousins de papa.

– Non, pas des cousins, a dit Pablo. Mon fils.

Alors sa tartine est restée en l'air devant sa bouche ouverte. Chaque année, elle s'inventait de nouveaux frères et sœurs. Sur la plage, lorsqu'elle discutait avec des enfants inconnus, quand elle sentait que la vérité ne serait pas soupçonnée. Dans cette Espagne des années soixante-dix, les enfants uniques n'existaient pas. Ou alors leurs mères étaient des femmes de mauvaise vie, célibataires, abandonnées ou divorcées. Depuis la petite enfance, elle traînait sa condition avec honte.

– J'ai un frère ?

C'était une bonne nouvelle. La meilleure qu'on lui ait annoncée depuis qu'elle était née. Pablo, encouragé par le petit visage radieux :

– Oui, Vincent. Et une sœur, Béatrice.

– Ton père a été marié une première fois avant de me rencontrer.

– Avant la naissance de maman ?

Nouveaux soupirs des parents. Les révélations ne sont pas si simples qu'elles en ont l'air. On s'emmêle dans les mensonges.

La bonne nouvelle : elle pourra désormais dire « mon frère » et « ma sœur », comme tout le monde. La mauvaise : ce sont des adultes, ils ne joueront jamais ensemble. Mais était-ce si important ? Vincent et sa jeune épouse s'offraient des vacances en Espagne, ils en profitaient pour passer les voir, comme s'ils étaient une vraie famille, n'était-ce pas gentil ?

Cet élargissement familial la mit en joie. Heureusement, il lui restait deux jours d'école avant les vacances, elle put mettre son nouveau vocabulaire à profit. Elle s'abreuvait de « mon frère », « ma sœur ». Ces mots lui faisaient l'effet de bonbons fondants dans sa bouche. Personne ne s'en étonnait. Les autres avaient l'habitude. Ils les utilisaient sans y penser. Ils ne savaient plus que c'était si bon.

Trois jours plus tard, contretemps, Vincent annula sa visite. Lui et sa femme prendraient un vol direct pour Málaga. Derrière la porte close de la chambre des parents, elle entendit la voix furieuse de sa mère :

– C'est bien lui, ça. Absolument indigne de confiance, c'était bien la peine de déranger la petite.

Voix non moins furieuse du père :

– Tu n'avais qu'à pas tant te presser pour le lui dire. Il suffisait d'attendre qu'il soit là. C'est toi qui as voulu tout précipiter.

L'échange de mots se poursuivit sur le même ton. Elle se sauva, n'éprouva pas l'envie d'en entendre davantage. Elle était déçue, ne connaîtrait pas le frère mystérieux. Et au fond d'elle-même avait compris : cette progéniture de Pablo était source de discorde entre ses parents. Elle continuerait à dire « mon frère », « ma sœur », parce que c'était agréable, mais elle ne pourrait pas avant longtemps leur donner une réalité. Avec les existences révélées de Vincent et de Béatrice était venue la frustration.

La semaine suivante, alors que les vacances s'annonçaient sans relief dans le parc désert de San Miguel, elle se brisa la colonne vertébrale en tombant d'un arbre. Par chance, la moelle épinière n'était pas touchée, elle remarcherait un jour sans handicap. L'affolement autour d'elle mit un peu d'animation dans le vide de l'été. Et puis, l'attention retomba. Deux mois entiers, allongée, sans bouger. Pour la distraire, on lui fit écouter des pièces de théâtre enregistrées sur cassettes. Parfois les vocations naissent du hasard.

Expérience familiale (néant)

Était-ce de le savoir (que ce frère et cette sœur existaient) ? Ou seulement un effet de l'âge (l'entrée dans l'adolescence) ? Santa se souvient de ces années (entre douze et dix-huit ans) comme d'un long tunnel. Il y aurait eu un avant, une enfance chaleureuse, des rires, une complicité avec sa mère qui conservait parfois un comportement d'enfant, une image aimée dans la glace, un joli visage de petite fille avec des grands yeux noirs et une bouche gourmande. Et un après, un reflet dans le miroir désormais haï, un dos voûté, un regard méfiant, une bouche amère ; et cette sensation de porter sur ses épaules la misère du monde. *Quel monstre suis-je si mon frère et ma sœur ne m'aiment pas ?* Elle n'était donc qu'une petite chose sans intérêt qui ne valait pas le détour. Elle qui avait été le centre du monde.

Cette solitude intérieure ne l'empêchait pas d'avoir des amis, d'être bonne élève. Mais la joie n'était plus la même. Elle riait par habitude. Entre douze et treize ans, elle décida de ne plus pleurer, plus jamais. Au début, cela lui demandait un peu de discipline et puis, le réflexe des larmes s'est perdu. Comme pour masquer la tristesse diffuse qui s'était installée en elle. Peu à peu, elle s'est éloignée de sa mère. Elle se rendait directement dans sa chambre en rentrant de l'école, prétextant des tonnes de devoirs pour ne pas être dérangée. Même le repas était expédié. Les parents discutaient entre eux et ne trouvaient pas étrange qu'elle les abandonnât au bout de quelques minutes pour se réfugier de nouveau dans sa solitude. Ils n'y prêtaient pas attention. Comme ses résultats scolaires étaient à la hauteur, ils ne se posaient pas tellement de questions. Sa mère, toujours si amoureuse de Pablo. Et lui, qui n'avait pas connu ses aînés à cet âge. La psychologie n'était pas de sa compétence. Il ne percevait aucun malaise.

Lorsque Santa franchit ses quinze ans, Micki eut l'intuition que ce silence entre elles n'était pas seulement un avatar incontournable de l'adolescence, mais un gouffre propre à leur relation. La mère fit quelques tentatives maladroites pour renouer le dialogue. Trop tard. Santa avait des amis, des amours, un monde intérieur où la mère n'avait pas sa place. Ce n'était pas encore de l'hostilité, une méfiance tout au plus. Mais trois ans après, cette curieuse vocation mystique vint sceller leur rupture. À son retour dans l'appartement madrilène, Santa ne parvenait plus à leur parler. Elle restait prostrée dans sa chambre. Au bout de quelques semaines, Pablo parvint à établir un contact minimum. Santa avait pris sa décision. Il fallait s'y attendre. Qu'elle veuille s'installer justement dans cette ville que sa mère avait reniée. La confiance de Santa, qui s'était déjà étiolée avec les années, avait fondu tout à fait.

Jamais de cris ni de pleurs. Seulement une distance infranchissable, symbolisée par ces kilomètres entre Paris et Madrid.

Expérience familiale (Juan)

Paris, juin 2004

Juan l'a appelée vers midi pour lui proposer de suivre la Gay Pride. Ce n'est pas qu'elle se soit montrée intéressée, ni même sympathisante, mais il est seul. L'homme « de sa vie » l'a quitté la semaine précédente. Il trouvait que serveur n'était pas un métier d'avenir pour Juan. Il avait plus d'ambition que ça pour lui. Lui-même était directeur marketing d'une entreprise d'informatique. Il avait flashé un soir arrosé sur le jeune serveur du Kalhua. Et puis, il lui avait pris l'envie de jouer les Pygmalion. Il pensait que Juan avait des capacités, ce qui n'était pas faux. Mais c'était trop tôt. Juan l'avait mal pris. Eh quoi, je ne suis donc pas assez bien pour toi ? Tu as honte de moi ? Et l'autre était parti. De toute façon, Juan était trop jeune. Vingt-trois ans. Ce n'est pas un âge auquel on peut se fier lorsqu'on en a presque quarante.

Juan se sent perdu. Alors, il se dit que Santa ferait une chouette compagne de défilé, seule, comme lui, pas fière, indulgente. Et puis, ils pourraient aller travailler ensemble vers dix-neuf heures. Ce serait moins

dur que de devoir s'arracher tout seul aux réjouis-
sances.

Elle accepte de le retrouver place Denfert, pas tellement qu'elle en ait le goût, mais elle n'a rien de
mieux à faire. Son amant est rentré en Espagne, son
chat est mort, sa famille est en miettes. S'amuser avec
d'autres, c'est toujours ça de pris sur la déprime. Elle
enfile son vieux jean moulant, un petit top rose et des
tennis dorées (que Rafael lui avait offertes pour rire).
Elle hésite entre se sentir ridiculement vêtue pour son
âge et assumer sa véritable identité : elle a si peu
évolué en dix ans.

En sortant de la station de RER, elle est saisie par
le phénomène d'entraînement collectif provoqué par
les basses violentes des musiques qui surgissent de
partout. Comme chaque soir, au Kalhua, elle pense
qu'elle pourrait avoir été statufiée à dix-huit ans dans
une de ces boîtes de nuit madrilènes qu'elle fréquentait frénétiquement à sa sortie du couvent (pour se
persuader qu'il pouvait exister une confrérie des
fêtards qui remplacerait avantageusement celle des
sœurs) et rendue à la vie quinze ans plus tard sans
ressentir aucune différence. Les années n'y changent
rien. Son corps réagit aux ondes sonores de façon
identique. Elle ne se perçoit pas différente de Juan
qui la pousse au milieu des confettis et lui met d'autorité un sifflet entre les lèvres. C'est la violence du
temps qui modifie l'apparence sans toucher à l'esprit.
Forcément, tôt ou tard, le décalage deviendra fla-
grant, mais quand ? Sera-t-elle capable de s'en
apercevoir avant d'offrir d'elle-même une image
grotesque ?

Elle s'oublie en se fondant dans la masse. Elle

sourit du plaisir de Juan qui semble avoir déjà oublié son chagrin, disponible qu'il est à la rencontre. Il est si beau que les garçons le regardent avec appétit. Elle s'amuse à le serrer contre elle. Ce serait si bien de se sentir appartenir à une communauté.

Il fait beau. Les organisateurs ont eu de la chance. La sueur perle sous les blousons de cuir, tombe des perruques et se perd sur des visages maquillés. On acclame des discours conservateurs : le mariage, la famille, un droit pour tous. Juan hurle son approbation. Elle ne peut pas lui en vouloir, pas elle. Mais vraiment, le mariage, suffit-il d'y avoir droit pour l'obtenir ? Sa vie serait certainement meilleure si elle avait épousé Rafael, mais pouvait-elle le deviner il y a cinq mois ? Qui peut savoir le vide que laissera l'amant en partant et l'incapacité à y survivre ? Juan ne vit pas si mal, lui, qui répond aux regards de désir par un sourire complice. Même sous les confettis, même envahie par des sons électroniques assourdissants, elle n'oublie pas. Elle est de nulle part. D'aucun pays, d'aucune vocation, troupe ou communauté, d'aucune religion (après sa désastreuse tentative pour devenir bonne sœur, elle s'est décidée à fréquenter des étudiants juifs qui l'encourageaient à assister aux offices de Shabbat, mais décidément, elle ne ressentait rien, sauf cette désagréable sensation de n'être pas à sa place). Est-il possible d'avoir été si peu enracinée ? Juan a lié conversation avec une fille blonde aux cheveux longs et bouclés, au corps ferme et bronzé. Il la prend par la taille et la fille se sent autorisée à en faire de même avec celle de Santa.

Ils avancent avec la foule, ils boivent un peu parce qu'il fait soif. Ils rient. Sa tête l'abandonne peu à peu.

C'est bon de ne plus penser. Elle se laisse faire lorsque la blonde lui enfonce la langue dans sa bouche, mais elle ne ressent rien, pas même le frisson de l'interdit. Rien, et elle le regrette.

Expérience familiale (Pablo)

Teotihuacán, août 1977

Pablo était rarement disponible pour les vacances. Peut-être à cause de son travail, peut-être aussi parce qu'il n'aimait pas ça, cette inactivité exposée au regard de ses proches. Mais il emmenait sa femme et sa fille avec lui lors des voyages d'affaires, à New York, à Rio, à Buenos Aires, à Los Angeles ou San Francisco. Les souvenirs de vacances de Santa se limitent pour la plupart à des chambres d'hôtels internationaux, toutes identiques (blanches, modernes, propres), à des piscines d'hôtel au bord desquelles sa mère l'attendait en lisant tandis qu'elle plongeait inlassablement en s'inventant des mondes sous-marins, à des rues encombrées, menant à des restaurants dans lesquels il fallait attendre des heures. Parfois un monument particulier jaillit de sa mémoire (rarement) ou un paysage (encore plus rare). Mais il est un moment que les années n'ont pu estomper.

C'était un voyage qui avait commencé de façon ordinaire : Pablo se rendait pour affaires à Mexico. Après quelques jours en ville tous ensemble, puis une semaine ou deux en bord de mer (Acapulco), tandis que Pablo réglait ses affaires dans la capitale, ils se sont rendus tous les trois sur le site archéologique de Teotihuacán, la veille ou l'avant-veille de leur retour pour Madrid. Bien sûr, elle ne peut se souvenir avec précision de la configuration des lieux. Il y avait sans doute, dans l'ensemble des fouilles, des labyrinthes de curiosités. Peut-être aussi des monuments qui n'ont pas marqué son esprit. Au milieu de ça, se dressaient les deux mastodontes vestiges des sacrifices aztèques : les deux pyramides dites de la Lune et du Soleil. Ce qu'on ne voit pas de loin, c'est la structure même de l'inclinaison des pentes. Les pyramides sont formées de blocs de pierre posés en décalé les uns sur les autres. Au cœur de l'édifice pas de tombeaux comme en Égypte, ces monuments servaient à fabriquer des morts (en les projetant du sommet), pas à les abriter. Beaucoup de touristes aiment monter jusqu'au sommet.

La mère prévient qu'un seul de ces blocs de pierre lui donne le vertige alors ne parlons pas de milliers d'entre eux. La hauteur est astronomique. Santa est encore petite (neuf ans) et Pablo assez hors de forme (cent vingt kilos ?). Mais bien sûr, puisque cela effraie sa mère, Santa réclame de grimper tout en haut d'une pyramide, au moins celle de la Lune, qui est vaguement plus basse, et Pablo, qui raffole des exploits, relève le défi. La mère a beau pousser des cris tu es complètement inconscient (fou, criminel...), Pablo se lance derrière la silhouette fluette qui commence à grimper comme une chèvre de pierre en pierre. Monter, ce n'est rien. Il suffit de regarder devant soi et de franchir chaque marche, comme un escalier. Le sommet est un carré plat. En regardant ce qu'elle vient de gravir, Santa est prise de vertige. Pablo transpire à n'en plus pouvoir. Il s'assoit, prend sa fille entre ses jambes et lui raconte comment le prêtre plongeait la main dans la cage thoracique du sacrifié pour lui arracher le cœur avant de le jeter du haut de la pyramide. Ce corps supplicié était censé flatter un des nombreux dieux aztèques, mais même l'accumulation des sacrifices n'a pu sauver ce peuple de l'invasion espagnole. Tout dans ce pays émane de l'Espagne, les prénoms, la langue, l'architecture, la religion... tout, sauf justement ces pyramides. Santa montre du doigt celle qu'on aperçoit devant et qui est celle du Soleil. Pablo enfonce son nez dans les cheveux noirs de sa fille : « Tu es mon soleil. » Elle rit parce qu'il lui chatouille le cou.

Pour descendre, elle est terrorisée et finalement, Pablo la charge sur son dos en lui ordonnant de fermer les yeux. Comment cet homme si peu capable de mouvoir son corps est-il parvenu jusqu'en bas, chargé de surcroît ? C'est une sorte de miracle. Santa sent encore sous son torse, entre ses jambes, le dos large de Pablo tandis qu'il la portait. Désobéissante, elle ouvrait un œil de temps à autre et l'effroi la glaçait. Elle s'empressait de reposer sa joue contre l'omoplate de son sauveur et de s'abandonner à lui. Il existait entre elle et lui un lien unique. *Je suis ton soleil.*

Durant toute son enfance, Santa avait pensé que perdre son père serait la plus grande des catastrophes. On avait décelé chez Pablo des signes de faiblesse cardiaque (était-ce pour des raisons d'hypertension ? Ou de cholestérol ? Difficile de s'en souvenir, Santa n'avait que six ans), et elle entendait à travers les portes les médecins qui se bagarraient contre la mauvaise nature de Pablo. Comment, ne plus manger ? Comment, ne plus boire ? Et puis quoi encore ? Alors ils criaient qu'ils s'en lavaient les mains, que si Pablo voulait mourir, c'était son problème, pas le leur. Santa en faisait des cauchemars. Ainsi, Pablo allait mourir. Ça paraissait presque irréel. Elle pensait qu'elle se tuerait pour être enterrée avec lui. Et puis son enfance a passé, et l'adolescence, et Pablo n'est pas mort. Il a bien eu quelques vertiges, quelques douleurs thoraciques, mais rien de décisif. La mort est vraiment venue de là où on ne l'attendait pas.

Il avait eu cette masse de cheveux toute sa vie, noirs, puis gris, puis blancs (comme Santa les a connus). Il serait mort plutôt que de les perdre. D'ailleurs, il est mort. Un peu plus tôt qu'il n'aurait dû (s'il avait accepté cette chimio), mais prolonger une vie si remplie, pour quoi faire ? Il n'avait jamais pesé moins de cent kilos depuis l'âge de seize ans, il refusait de se laisser affaiblir. Jusqu'à la fin, il niait la maladie, son sang empoisonné, envahi. Il défiait la médecine, sa famille et jusqu'à Dieu lui-même.

Elle avait vingt-trois ans lorsqu'elle sut que Pablo était malade, pas encore vingt-cinq lorsqu'il mourut. Sa mère l'avait appelée en début de semaine, Pablo venait d'être placé en réanimation. Si Santa pouvait venir...

Santa tient la main de Pablo. Il est comme un gros ballon qu'on tenterait de gonfler de partout avec plein de petits tuyaux. Elle, on lui a mis une blouse d'infirmière, des gants, un bonnet de papier sur les cheveux, une protection sur la bouche. Il est déjà dans le coma.

Elle murmure à son oreille : « Tu es mon soleil », mais déjà elle n'y croit plus. Il lui a dissimulé une première épouse et deux enfants, une maîtresse et un enfant. Il a beau dire qu'il avait ses raisons, elle a perdu confiance. Comme pour sa mère, avec sa révélation judaïque de dernière minute. Elle se rend compte que cet instant historique où Pablo va mourir, cet instant qu'elle a tellement redouté, finalement elle va y survivre.

Elle regarde le visage apaisé de Pablo. Une fois mort, on l'a habillé d'un costume sombre. Elle est triste bien sûr, mais moins qu'elle ne l'aurait imaginé. Elle est contente que Vincent et Béatrice se soient déplacés. Les voir autour de la table familiale à San Miguel la réjouit. Il aura fallu attendre longtemps (treize ans) pour que soient enfin réunis pour la première fois dans un même lieu Pablo, son épouse et tous ses enfants légitimes. Dans l'église du village, elle y pense en embrassant du regard ses aînés, sa mère et le cercueil où repose le paternel. Elle a hâte de rentrer à Paris, de reprendre sa vie. Elle se sent libre pour la première fois, le regard exigeant de son père a cessé de peser sur elle.

Expérience familiale (Arturo)

Rome, juillet 2004

– Je ne veux pas devenir un binoclard !

Il lui en faut de la patience à Marco. Maintenant que les services prophylactiques de la mairie se sont réveillés, qu'il est question d'offrir une paire de lunettes à Arturo, le môme se rebelle. On ne peut pas être un dur et ressembler à une mouche. Pour les bagarres, c'est un handicap. Devoir veiller à épargner ses lunettes, c'est aussi nul qu'être une fille et tenir sa jupe pour ne pas se la faire relever par les garçons. De son œil valide, jaillit la colère tandis que l'autre, à demi fermé par la paupière suppliciée, attend résigné la décision finale. Marco dit que le rendez-vous chez l'ophtalmo est pris et que ne pas l'honorer risquerait de mal disposer la municipalité. On a besoin de ses crédits. Le gosse râle, mais il craint l'autorité.

Le médecin est une femme, mauvais point pour elle. Arturo s'installe avec nonchalance sur un siège réhaussable qu'elle a remonté à son maximum. Humilié, il se renfrogne sur son perchoir. Pour se donner une contenance, il passe ses mains dans ses cheveux coupés en brosse à cause des poux. Elle lui montre le tableau de lettres.

– Les deux du bas, tu me les lis ?

Rien ne sort de la bouche du petit serpent. Elle sort son attirail, commence à essayer différents verres sur la monture.

– Et là, c'est mieux ?

Toujours rien. Elle s'inquiète. Il est bigleux à ce point-là ? Marco soupire. Elle s'apitoie.

– Il ne sait pas lire peut-être ?

Vexé, Arturo grommelle :

– Analphabète toi-même !

Il a bien retenu la leçon numéro un de Marco : ceux qui refuseront l'apprentissage de la lecture rejoindront la foule des analphabètes que la société bringuebalera à son gré tout au long de leur existence. Arturo comprend enfin que son intérêt lui conseille de coopérer. Il lit tout ce qu'il peut. Il cale assez vite, au bout de trois lignes. Même son œil sain a été endommagé par les mauvais traitements. Il était temps de corriger l'ensemble. Des yeux aux visions si disparates, ce n'est pas bon pour la santé.

Arturo n'est pas mécontent d'être l'unique préoccupation de Marco pour un après-midi complet. Dans le magasin d'optique, il se fait un plaisir d'essayer toutes les montures.

– Bon alors ?

C'est qu'il a d'autres gamins à fouetter. Rocco vient de commencer son stage, Gianni a de la fièvre. Angelo ne cesse de chercher des noises à Benito qui pèse deux fois son poids et ne craint pas de cogner. Chaque fois qu'il s'éloigne, Marco se demande dans quel état il va retrouver La Felicità. Arturo se fixe sur une paire de lunettes rondes, en plastique rouge, un peu grandes pour lui, qui lui donnent un air cocasse. On ne voit pratiquement plus sa cicatrice. Il a presque l'air d'un gosse normal, insouciant et rieur. Finalement, il est content. On s'est occupé de lui. Il possède enfin un objet à lui, rien qu'à lui, que personne n'aura le droit de lui emprunter. Elles seront prêtes dans une semaine. C'est si long d'attendre...

Aucune catastrophe majeure n'est à signaler. Gianni se sent mieux. Benito n'a pas tué Angelo. Rocco rentre sale et épuisé, mais heureux : il va apprendre à réparer un moteur, trafiquer une moto et, pourquoi pas ? conduire. Son nouveau patron pense que c'est important qu'il sache rapidement manœuvrer les engins lui-même. Il passe une main graisseuse dans les cheveux d'Arturo.

– Alors, ces lunettes ?

– Pas mal.

– J'en étais sûr.

Avec le plaisir de se sentir utile, il lui prend l'envie de jouer les grands frères. Plus tard dans la soirée, il collera deux beignes : une à Angelo, une à Benito et qu'il ne les reprenne pas à se bagarrer. Non, mais quoi, on n'est pas chez les sauvages !

Sandrina vient taper au carreau. C'est l'heure du cours du soir, non ? Marco essaie de conserver une attitude naturelle, désinvolte et aimable.

Il a la tête ailleurs. Un peu à Paris. Un peu à Venise. Depuis longtemps, il ne pensait plus à son père. Il trouve vain de ruminer les regrets. Mais les souvenirs, il ne peut s'empêcher d'en avoir. Comment réagira-t-elle lorsqu'elle saura ?

Expérience familiale (les cadets)

Paris, novembre 1993

Il aurait fallu que Gianluca descende dans le froid, reprenne sa moto et disparaisse dans la nuit. Au-dessus de ses forces. Finalement, ils s'étaient commandé des plats chinois chez le traiteur et une bouteille de rosé. Comme il lui restait de l'armagnac, un cru excellent offert par Pablo deux ou trois mois avant sa mort, et que c'était justice qu'elle le partage avec son frère, (cela aurait contenté Pablo de voir ses « cadets » se saouler de conserve, lui-même aimant boire, parfois sans mesure) ; elle l'a servi d'autorité. Et lui n'a pas refusé. Mais une fois la bouteille terminée, il paraissait inopportun pour Gianluca d'enfourcher sa moto. Elle ne pouvait pas le laisser partir, non-assistance à personne en danger, alors elle a proposé qu'il dorme là. Comme la mezzanine n'était pas tout à fait terminée, elle n'avait pas encore acheté le lit et se servait toujours du canapé installé en bas. Toutefois, en haut, la moquette était déjà posée et en y installant une couette, ça pouvait faire un couchage acceptable. Il était d'accord. Il avait déjà dormi par terre, ça ne le gênait pas.

Pablo venait d'offrir à sa fille, puisqu'elle agrandissait son appartement, un piano électronique. Il avait mis tous ses enfants au piano l'un après l'autre. Béatrice avait joué jusque vers neuf ans et Vincent, onze. Ce qui correspondait à l'abandon par Pablo du domicile conjugal. Santa avait dû faire semblant d'étudier jusqu'à dix-huit. Puis, après son intermède religieux, et sa fuite à Paris, elle avait jeté l'éponge. Seul Gianluca avait persévéré. Peut-être parce qu'il n'avait pas eu son père sur le dos pour lui réclamer un concert dominical et l'abreuver de commentaires sarcastiques sur ses fausses notes et son goût musical douteux.

Ce soir-là, Gianluca avait joué sur le piano électronique, collé derrière le bar. En l'écoutant, Santa se plut à penser que Pablo ne pouvait pas rêver un meilleur interprète pour son pianola. *Berce-moi, mon frère, d'alcool et de musique.*

Il est des scènes que l'on attend sa vie durant et dont on n'ose à peine profiter lorsqu'elles surviennent, tant la crainte est grande de les voir s'éloigner. Elle ne pouvait pas cependant deviner à quelle vitesse la vie s'emparerait de ces instants-là. À peine retrouvé, déjà emporté. Comme si le sort s'était acharné à vouloir donner à sa mélancolie naturelle une réalité. *Reste avec moi. Autant que tu voudras.*

Et il était resté. Rien d'essentiel ne l'appelait à Montreuil. Il avait prévu de passer le mois en France. Le lendemain, ils avaient choisi le lit ensemble. Ce même lit dans lequel elle dort encore aujourd'hui. Ce lit dans lequel Rafael semblait tant l'aimer.

Rupture (4)

Colette a les cheveux blancs, un gentil sourire de
mamie avec laquelle la vie aurait été clémente. Après
le cours de théâtre, elle attend Santa pour lui offrir
une petite pâtisserie dans un salon de thé du Marais.
C'est leur rite. L'une n'a pas eu la fille qu'elle désirait,
l'autre ne connaît du fossé des générations que ce
douloureux rapport à la mère qu'elle n'ose plus
appeler de peur de s'effondrer tout à fait, s'en tenant
à ce précepte : l'échec n'existe pas tant qu'il n'a pas
été constaté par les autorités compétentes. Colette,
du lointain de son âge, regarde son jeune professeur,
laquelle explique avec animation à un couple de
retraités sans doute quelque chose ayant trait au
théâtre (elle saura plus tard qu'il s'agissait d'une dis-
cussion au sujet de Montherlant : pourquoi ne le
joue-t-on plus au théâtre ?). Elle se dit que c'est pitié
qu'une fille comme Santa soit si triste. Elle est si jolie,
si talentueuse, si jeune encore. La vie pourrait tant
lui apporter. Mais Santa ne sait que faire de ces années
qui passent.

– Depuis quelques jours, je ne pense presque plus à Rafael, annonce-t-elle.

– C'est un soulagement ?

– Je ne sais pas. Je ne suis pas certaine de vouloir guérir. Ce serait comme admettre que cet amour ne valait rien.

– Je comprends, c'est peut-être pire lorsque la douleur s'en va. Car alors il ne reste de ceux qu'on a aimés qu'un vague souvenir.

Tout le monde a ses souffrances secrètes. Passé un certain âge, personne n'a pu échapper au deuil. Ou alors, c'est suspect. Mais le prix de la disparition n'est pas le même pour tous, c'est pourquoi, on ne peut jamais vraiment comparer ni comprendre ce que représente le manque pour l'autre. Colette a dit un jour qu'elle était veuve. Mais que veut dire veuve ? Pas grand-chose pour certains, un monde qui s'écroule pour d'autres. Des années de galère pour certaines, un bel héritage pour d'autres. Comment savoir ?

– Cette nuit, j'ai fait un rêve assez précis, dit Santa. Il se déroulait dans un camp d'internement en Russie. Dans les rêves, les choses se mélangent, tu le sais, et ce camp s'appelait Treblinka, mais je crois qu'en fait, il s'agissait de Kolima. Enfin peu importe, c'était une sorte de goulag. Une fille qui ne me ressemblait pas du tout, mais qui devait être moi pourtant, une fille assez moderne, blonde, rieuse, délurée, branchée, était internée là. Une première fois, elle a réussi à s'évader et à faire évader ses proches. Puis, pour des raisons que mon rêve n'expliquait pas, elle était reprise. Et les gardiens, à qui elle en avait fait voir lors de sa première évasion, et qui auraient dû la traiter durement, l'accueillaient plutôt bien. Je me souviens m'en être fait la remarque en dormant, elle avait de la chance. Un planton l'aidait à s'évader une deuxième fois. Internée de nouveau, elle parvenait à duper un nain (pourquoi un nain ? aucune idée) qui faisait office de sentinelle. Ce passage-là du rêve était comme un jeu de cache-cache, d'une ironie teintée d'effroi. Mon rêve s'arrête lors de sa quatrième arrestation. Curieusement, il ne s'est pas perdu dans un flou dépourvu de sens, comme la plupart des rêves (normalement, j'aurais dû me réveiller et penser : quel est mon Treblinka personnel ?), mais sur une conclusion étrangement nette. Cette fille, debout sur une estrade, devant un tableau noir, craie à la main, montrait à un vague public à quel point sa vie était glorieuse parce qu'elle était parvenue à s'échapper déjà trois fois d'un camp comme Treblinka (ou Kolima) et qu'elle continuerait. Elle était forte et gaie. Comme si ces évasions étaient la réussite de sa vie. En me réveillant, j'ai pensé, pourquoi pas ? c'est peut-être une occupation essentielle : se constituer prisonnier et dépenser son énergie à rompre les liens.

– Et pourtant, tu pourrais te la poser cette question, dit Colette. Quel est ce Treblinka dans lequel tu te tiens prisonnière avec bonheur et duquel tu prends plaisir à t'échapper ?

– Je ne sais pas. Si je veux m'en tenir à la situation qui m'habite, j'ai tendance à penser que ce sont les hommes auxquels il me faut survivre, mon père, mon frère Gianluca, Rafael. Trois pièges, trois évasions.

– Il y en a quatre dans ton rêve. Quel est le dernier, alors ?

– Mon neveu Marcantonio, je crois. Depuis quelques jours, je pense à lui sans arrêt. Je me sens très coupable. J'aurais pu sauver mon frère et je ne l'ai pas fait. J'ai préféré courir après d'autres chimères. Je vais le payer toute ma vie. Tu remarques qu'à la quatrième arrestation, cette fille qui devait être moi, s'est arrêtée pour expliquer sa vie, elle ne s'est pas évadée une quatrième fois. Elle a juste signifié qu'elle avait l'intention de le faire. Je peux rester prisonnière du quatrième.

– Seulement si tu le veux bien. Ne t'accordes-tu pas trop d'importance en pensant que tu aurais eu le pouvoir de sauver ton frère ?

Expérience familiale (Béatrice)

Madrid, 1983

Presque cinq années de vide. On avait révélé à Santa leur existence, et puis rien. Pas d'opportunité pour les voir. Ils ne venaient jamais en Espagne. Elle n'allait plus à Paris. On l'envoyait à Londres ou à New York pour apprendre l'anglais. Au début, elle les réclamait avec une insistance exaspérante. Sa mère avait fini par la remettre à sa place : « Si tu crois qu'ils ont envie de te voir ma pauvre fille ! » *Ma pauvre fille !* Elle avait rêvé d'eux maintes fois, de ce qu'ils se diraient lorsque enfin ils se rencontreraient. Patiemment, elle avait reconstitué leur vie, fouillé dans les vieux cartons de la maison de San Miguel dans laquelle on avait entassé toutes les affaires de la grand-mère une fois qu'elle eut quitté cette terre. Santa se souvenait mal de cette vieille dame desséchée, mais après tout, ils avaient été ses petits-enfants, elle devait avoir conservé quelques photos d'eux quelque part. Oui, quelques clichés en noir et blanc de Pablo, du temps où il était brun, et de deux blondinets suspendus à ses bras.

Béatrice avait été une jolie petite fille aux boucles

blondes et aux yeux clairs (difficile d'identifier le bleu au milieu des nuances de gris), potelée, rieuse, câline. Vincent se tenait déjà raide comme la justice (dont il ne désespérait pas d'obtenir un jour le portefeuille), il était assez beau, un peu gringalet à côté de son père, mais l'adolescence lui apporta les épaules souhaitées. L'unique photo en couleurs qu'elle put trouver avait dû être prise à San Miguel au milieu des années soixante, peut-être juste avant le mariage de ses parents. Ils posaient avec la grand-mère. Béatrice la dominait déjà d'une tête. Elle ne semblait ni mal dans sa peau ni boutonneuse, mais au contraire fière de sa féminité nouvelle. Vincent s'était élargi sans grandir autant que l'on aurait pu s'y attendre. Il avait la mâchoire carrée et (du moins croyait-elle les apercevoir) les ongles rongés. Manifestement, ils n'étaient plus revenus dans la famille de leur père après qu'il se fut remarié.

Santa avait peut-être treize ans lorsqu'elle découvrit cette photo et ces deux jeunes gens représentaient son idéal familial. Elle avait beau savoir qu'ils avaient à présent quinze ans de plus qu'alors, elle ne pouvait les imaginer autrement qu'ainsi, de grands adolescents resplendissants. Tandis qu'elle-même entrait dans l'âge ingrat sans aucun de leurs atouts. Son visage se couvrait de boutons, ses cheveux bruns graissaient à vue d'œil. Tout regard porté sur elle lui donnait l'envie de disparaître. Elle pensait que la présence de ses aînés lui donnerait cette assurance qu'ont les jeunes qui ont eu la chance d'être initiés à la vie par des frères et sœurs plus âgés.

Tout cela, elle y pensait chaque soir avant de

dormir, et à bien d'autres moments de la journée. *Ma pauvre fille !*

Et puis, une occasion s'était présentée. Vincent baptisait sa première fille, Eugénie. Il se lançait en politique, avait besoin des appuis de son père, était prêt à quelques concessions pour s'attirer ses bonnes grâces. Les risques étaient limités. Anticlérical forcené, Pablo ne viendrait pas à l'église. Allergique aux réunions familiales, Monique Girod, mère de Vincent et Béatrice, n'avait pas l'intention d'assister au dîner.

Santa avait eu du mal à croire que ce moment était arrivé, qu'elle s'envolerait vers Paris, seule avec Pablo, pour une véritable « fête de famille ». Il y aurait Béatrice, son mari chirurgien Sylvain Dupuis, et leur fils, Basile, âgé de deux ans. Il y aurait Vincent, son épouse très croyante Marie-Hélène, dite Marlène, et leur fille, Eugénie, cinq mois. Et puis, il y aurait elle, Santa Maria, quinze ans passés, et leur père à tous, Pablo. On prendrait d'eux réunis de belles photos qu'elle pourrait montrer en classe en présentant, *mon frère, ma sœur.*

Ils n'étaient plus des adolescents ni même de jeunes adultes. Vincent avait commencé à blanchir et à se rider. Il portait un costume gris, une cravate et saluait les convives avec le sourire forcé d'un homme politique en campagne. Béatrice avait tendance à s'empâter. Elle avait hérité de la silhouette massive de son père. Ses lèvres se pinçaient en une moue aigre qui dévoilait sa déception de femme. L'un comme l'autre firent une bise sèche sur la joue de la petite demi-sœur désorientée. Seule Marlène, qui trouvait reposant de lui confier le bébé, lui fit un peu de conversation. Intimidée, Santa hésitait à répondre, de peur de glisser par mégarde un mot importun qui viendrait rompre ce lien si fragile qui la reliait à sa famille.

Pablo déambulait avec aisance, parlant fort et sans gêne comme à son habitude. Il dit notamment deux phrases à propos de Santa, l'une à Béatrice : « Elle est jolie, hein ? Et en plus, c'est une fille qui a de l'avenir ! » L'autre à Vincent : « Elle est brillante et elle travaille. Si tu avais été comme ça, ça t'aurait facilité la vie ! » Et Santa, accablée par ce qu'elle entendait, sut que son rêve de famille resterait à l'état de fantasme. Bien sûr, elle baissa la tête et le regard, elle se voûta pour ne pas paraître arrogante et son corps se mit à ressembler (et pour quelques années) à un manche de parapluie. Certes, elle s'efforça de se dévaloriser aux yeux de son frère qui lui demandait par pure politesse ce qu'elle envisageait comme métier en bafouillant qu'elle aimerait s'occuper de bébés (alors que ça ne lui avait jamais traversé l'esprit jusque-là et qu'elle était vouée depuis l'enfance à accomplir la fulgurante carrière d'avocate d'affaires internationales amorcée par Pablo).

La seule personne avec laquelle elle se sentit autorisée à être elle-même fut le petit Basile : un blond joufflu, remuant, grincheux et impertinent, auquel elle tendit tellement de friandises (bonbons, pâte d'amandes, chocolats) qu'il finit par la suivre toute la soirée comme un petit chien.

Quatre ans plus tard, (entre-temps, ils ne s'étaient pas revus), lorsque Santa débarqua à Paris, après sa désastreuse expérience monastique, elle prit contact avec sa sœur, sans grand espoir. Par chance, à cette époque, Béatrice cherchait à s'émanciper. Elle avait besoin d'une baby-sitter officieuse, quelqu'un à qui elle pourrait demander d'aller chercher Basile à la sortie de l'école et de s'en occuper jusqu'à ce qu'elle rentre, à peine avant son mari, c'est-à-dire, vers huit ou neuf heures du soir. Aux yeux de Sylvain Dupuis, un budget de garde d'enfant était injustifiable dans la mesure où Béatrice n'avait rien d'autre à faire de ses journées que d'aller chercher Basile, le faire goûter et s'occuper de ses devoirs. Elle se montra donc très aimable lorsque Santa l'appela au téléphone, l'invita à boire un verre à Saint-Germain-des-Prés et lui proposa de venir déjeuner chez elle le dimanche suivant.

Elle était tombée dans le panneau, Santa, *ma pauvre fille*. Avait refait la connaissance du mari et du fils, Basile, six ans, l'enfant-tyran qui criait je veux à tout bout de champ. Avec plus d'expérience, elle l'aurait trouvé insupportable et n'aurait pas insisté. Mais quoi, c'était son neveu, cela valait la peine de faire un effort. Elle suivait mollement une première année de droit, histoire de justifier son séjour à Paris, mais rien ne l'y attachait vraiment. Elle fit exactement ce que Béatrice attendit qu'elle fît. Elle proposa de venir de temps en temps s'occuper de Basile. Sylvain Dupuis protesta que cela n'était pas nécessaire. Ils sortaient assez peu le soir et dans ce cas conduisaient Basile à Neuilly, chez la mère de Béatrice. Mais Béatrice répondit : « Pourquoi pas ? Cela pourrait lui faire du bien, à Basile, de passer un peu de temps avec sa tante. » Béatrice avait, d'instinct, choisi la phrase qui allait enchaîner Santa à Basile. *Sa tante*. Elle n'avait donc pas rêvé. Il finissait par lui venir une famille.

Une fois de temps en temps, puis une fois par semaine, puis deux ou trois, au bout d'une année.

Santa avait fini par établir un semblant de relation avec cet enfant difficile. Elle lui racontait des histoires, lui achetait des gâteaux (malgré l'interdiction des parents qui trouvaient, à raison, leur fils trop gros), se bouchait les oreilles lorsqu'il disait des mots orduriers et ne se battait pas pour le faire travailler. Santa apporta une chose essentielle à Basile : la musique. Béatrice avait hérité du piano familial. Depuis qu'elle avait quitté Madrid, Santa n'avait plus l'occasion de jouer. Sauf ces fins d'après-midi où elle restait seule avec Basile, chez Béatrice. Basile aimait l'écouter, c'était même un de ses rares moments d'accalmie. Lorsqu'elle abandonna le droit pour commencer à poser pour des photos de mode, et défiler sur des podiums, elle n'eut plus le loisir de remplacer clandestinement Béatrice à la sortie de l'école. Basile la réclama, pleura, trépigna, puis, demanda à apprendre à jouer du piano.

Santa continuait à leur rendre visite le week-end, puis elle s'éloigna sans que Béatrice la rappelle. Elle envoyait des petits mots à Basile. Elle lui offrit sa première guitare, pour ses douze ans, quelques semaines avant la mort de Pablo.

Expérience familiale (Basile)

Paris, octobre 2004

– Je croyais que tu avais arrêté de fumer.

– J'avais arrêté.

– C'est ton Espagnol ? Il n'est pas revenu ?

– Il n'a jamais été question qu'il revienne.

– On ne sait jamais.

Les spots fuchsia du Kalhua Café déversent leur lumière criarde sur la chemise mauve de Basile à moitié affalé au comptoir.

– Tu me ressers une vodka orange, s'il te plaît.

– La maison ne fait pas de crédit.

– Je sais, je gagne bien ma vie.

– Depuis quand ?

– Depuis la semaine dernière. On vient de signer un contrat pour un disque et des concerts dans toute la France. Ça s'arrose.

– Eh bien, la chance tourne.

– C'est pas de la chance, ma chère tante, mais des années de travail qui paient.

Santa est toujours un peu étonnée que son gros neveu capricieux soit devenu à ce point un jeune homme sortable ! Costaud (c'est de famille) mais beau garçon, et gentil.

– Tes parents doivent être contents.

– Pas au courant. Mon père, à part ses faux seins et ses liposuccions, rien ne l'excite. Quant à ma mère, elle rêve sûrement de se faire liposucer et refaire les seins, mais pour rien au monde, elle ne l'avouerait. Elle rumine dans son coin.

– Toujours seule ?

– Avec sa mère. À elles deux, elles jugent le monde entier. Et pas avec indulgence. Ça ne vaut pas la peine d'en parler. Elles auront assez à critiquer quand on sera en concert à Paris.

Depuis son divorce, Béatrice est retournée vivre chez sa mère. Santa ne peut s'empêcher de penser que ça ne valait peine de s'acharner à ce point autour de l'héritage pour passer finalement d'une prison à une autre.

– Non, t'es la seule à être au courant, ma petite tante préférée.

– Comme tu n'en as pas d'autres, je ne vais pas me gausser de fierté.

– Tu pourrais. J'ai aussi Marlène. C'est très gentil ce que je te dis et tu pourrais au moins me répondre que je suis ton neveu préféré, même si je suis le seul, ça fait toujours plaisir.

– Mais, tu n'es pas le seul.

– Oh, l'Italien, tu veux dire ? Il ne compte pas. Il a disparu depuis au moins dix ans et on le connaissait à peine.

– J'ai eu de ses nouvelles récemment.

– Non ? En quel honneur ?

– Comme ça. Il s'occupe d'enfants en difficulté dans la banlieue de Rome.

– Louable. Et alors ? Tu ne vas pas me dire que tu peux me mettre sur le même plan qu'un presque inconnu, moi, le fils de ta propre sœur.

Elle pense que Béatrice n'a jamais été une sœur propre, mais il ne sert à rien de le dire, d'autant que Basile n'a pas tort, que sait-elle de Marco qui ne lui téléphone que de temps en temps, pour écouter la suite de la saga familiale, et qui de lui-même parle si peu ? Tandis que Basile, elle le voit presque toutes les semaines, seul ou en bande, a suivi toutes les mésaventures de son groupe de rock depuis le jour où il s'est constitué (dans une cave alors que Basile était voué à rater son bac pour la deuxième fois, comme sa mère et son oncle), a écouté toutes les compositions (paroles et musiques) des uns et des autres, même les plus saugrenues. Basile, qui s'est finalement avéré être son unique lien avec sa famille paternelle, puisque ses deux nièces, Eugénie et Aurèle, jeunes filles bien pensantes, la regardent comme une ratée, elle, dans son bar des Halles, et avec une totale incompréhension (une femme qui ne se marie pas ne peut être vraiment une femme).

– Tiens au fait, tu connais la nouvelle ? Mademoiselle Perfection se marie cet été.

– Eugénie ?

– Qui d'autre ? Maman l'a appris hier. Elle m'a téléphoné à huit heures ce matin pour me le dire, comme si ça pouvait m'intéresser. Je m'étais couché à six heures, et je peux te dire qu'elle s'est fait recevoir. Je pense que Vincent va faire la tournée de la famille. Il va sûrement t'appeler.

Peut-être. Quoiqu'elle ait renoncé depuis long-temps à être de la famille de Vincent Albarand, qui a été nommé l'an passé secrétaire d'État à l'artisanat. Toutefois, un rêve lointain s'éveille en elle, comme un réflexe. Elle n'a plus connu de réunion de famille depuis l'enterrement de Gianluca, lequel faisait suite à la réunion chez le notaire et à l'enterrement de Pablo. Alors un mariage, ça la changera. Il faudrait qu'elle suggère à Vincent d'inviter Marcantonio. Après tout, il s'agit de sa cousine, à lui aussi.

Héritage (Béatrice)

Paris, décembre 1993

Après l'ouverture du testament et la curieuse scène qui réunit les quatre enfants Albarán chez le notaire, Béatrice pria de nouveau sa sœur de leur rendre visite dans le grand appartement haussmannien donnant sur le parc Monceau. Santa se sentit agitée, comme avant un premier rendez-vous amoureux, car elle n'avait pas encore perdu espoir que les gens puissent changer. Elle n'avait que vingt-cinq ans. Elle s'imaginait que ce deuil les avait soudés, que cette cérémonie durant laquelle ils avaient communié ensemble, cette descente du cercueil de leur père au tombeau avait fait d'eux une fratrie.

Bien sûr, elle pouvait voir que sa sœur n'était pas heureuse. Béatrice avait été belle dans sa jeunesse, ou disons sculpturale, les photos le prouvaient. À quarante ans passés, on remarquait seulement qu'elle était trop grande, trop forte, trop blonde, trop tout en fait. Elle affichait des airs de grande fille toute simple, à l'allure chevaline, aux yeux bleus (cadeau de sa mère), au bon sourire bourgeois, talons plats, jupe longue et droite, parka faussement campagnarde. Si Santa

avait eu un peu de bon sens, ou d'expérience psycho-
logique, elle aurait su qu'il était inévitable que sa sœur
ne l'aime pas. Elle était tout ce qu'aurait pu souhaiter
Béatrice : piquante, jeune, fine et libre. Santa aurait
pu faire tous les efforts du monde, le fossé entre elles
était infranchissable.

Certes, elle avait compris que sa sœur comptait
beaucoup sur l'héritage paternel, sans doute pour en
imposer à son mari. Béatrice faisait des allusions en
ce sens. Santa sut peu de temps après, par l'avocate
qui se chargeait de leur affaire, que Béatrice souhaitait
divorcer. Elle avait besoin pour cela de récupérer la
totalité des parts que détenait son père dans la clinique de son mari (la moitié de l'affaire en fait,
c'est-à-dire une fortune). Elle comptait bien hériter
également d'une bonne partie de l'hôtel particulier
de Neuilly. Mais dans ce cas où irait Vincent qui avait
investi avec sa famille les deux premiers étages de
l'immeuble ? Santa voyait son frère et sa sœur comme
une entité unie et n'envisageait pas encore qu'ils puissent s'entre-dévorer.

Béatrice n'avait jamais travaillé. Elle avait cessé ses
études avant le bac et jamais envisagé de reprendre
une formation. Elle avait rencontré son chirurgien
esthétique de mari en allant le consulter pour se faire
rectifier le nez. Sylvain aimait raconter qu'il avait été
très honnête, lui démontrant l'absurdité de ce désir,
lui proposant plutôt d'aller boire un verre avec lui.
Quelques mois plus tard, ils couchaient ensemble
(Béatrice n'était pas une fille facile), deux ans après,
ils se mariaient et, après quelques années, naissait leur
fils unique, Basile.

Santa voyait sans mal que Béatrice détonnait aux

côtés de son mari. À force de côtoyer des gens des classes supérieures, Sylvain s'était façonné un goût pour l'opéra, la peinture contemporaine, l'architecture. Il aimait briller sur des sujets d'actualité et cachait mal le mépris qu'il éprouvait pour son épouse qui ne s'intéressait à rien. Déjà du temps où Santa gardait Basile, leur couple ne respirait pas le bonheur. À présent, la situation avait l'air catastrophique. Heureusement, cet après-midi-là, Sylvain ne fit que passer, il avait une partie de squash, il était en retard.

Entre le départ de Sylvain et le retour de Basile (qui prenait une leçon de guitare), Béatrice lui parla longuement, et de façon très embrouillée, de leur avocate commune. Jusque-là, Santa ignorait qu'elle disposait d'une avocate. Mais elle se sentit flattée d'appartenir enfin au clan. Elle n'avait pas encore conscience des conséquences de cette allégeance.

– Elle s'appelle Alma Ricci. C'est une spécialiste des divorces.

– Ah, elle va s'occuper de ton divorce ?

– Je ne parle pas de divorce. Je dis que c'est sa spécialité, mais en l'occurrence, elle va s'occuper de notre succession.

– Nous n'avons pas besoin d'un avocat.

– Tu parles ! Tu n'imagines pas à quel point notre cas est compliqué.

– On pourrait tout vendre et partager en quatre.

– Elle dit que ta mère est sur le coup également.

– Je ne sais pas.

– Eh bien, je te le dis. Ta mère est autorisée à choisir entre l'usufruit de la totalité ou la pleine propriété d'un quart des biens. Je l'ai appris cette semaine.

– Tu sais, je n'ai pas vu ma mère depuis l'enterrement. Je ne sais pas du tout quelles sont ses intentions.

– Tu n'étais pas du tout au courant, toi non plus ?

– Non. En tout cas, ça ne me paraît pas aberrant qu'un homme songe en mourant à laisser de quoi vivre à la femme avec laquelle il vit depuis trente ans.

Béatrice blêmit et Santa regretta ses propos. Elle se sentit de nouveau comme le vilain petit canard. Ne jamais oublier qu'elle n'appartient pas vraiment à cette fratrie. Elle se mordit les lèvres. Tenta de se rattraper :

– Qu'est-ce que je peux faire ?

– Je ne sais pas, je pensais que tu aurais une idée.

– Je peux y réfléchir. Là, comme ça, je ne vois pas. Tu sais, pour moi-même, je peux tout à fait renoncer à cet héritage.

Elle était sincère et croyait réellement contenter Béatrice en prononçant ces mots. Mais elle dut se rendre à l'évidence qu'encore une fois, ils produisirent l'effet inverse. Pour Béatrice, qui attendait cet argent comme le messie, l'indifférence de Santa était une insulte. Comment cette petite sotte pouvait-elle se permettre un tel détachement ? Le visage de Béatrice n'exprimait plus rien d'aimable. Santa se sentit congédiée, elle renonça à attendre Basile.

– Tu l'embrasseras pour moi, dit-elle à sa sœur en partant.

Héritage (Vincent)

Dans la semaine qui suivit, Santa reçut de Vincent une invitation à dîner. Non pas chez lui, en famille, dans l'hôtel particulier de Neuilly qu'il partageait encore avec sa mère. Mais dans un restaurant chic et cher près des Champs-Élysées. Peut-être voulait-il lui faire plaisir ? Pour Santa, qui avait passé ces dernières années sur des podiums de défilés ou dans des studios de photographes, courtisée par toutes sortes d'hommes, riches et influents, rien de mondain ou de clinquant ne pouvait l'impressionner. Mais elle pensa que son frère faisait sans doute un effort, peut-être pour la consoler, pour remplacer ce père qu'elle venait de perdre, et elle le remercia avec reconnaissance.

Elle venait d'acquérir ce pigeonnier au-dessus de son studio et les travaux n'étaient pas complètement terminés, elle proposa à Vincent de le retrouver au restaurant. Galant, il insista pour venir la chercher.

Il avait déjà une demi-heure de retard, elle avait tout rangé, tout nettoyé, elle tournait en rond. Il finit par frapper à la porte, la sonnette ne marchait plus depuis longtemps. Il haletait :

– Pas en très bon état, ton escalier.

– Bah, c'est un peu à l'image de l'immeuble.

– Vous devriez refaire la cage d'escalier. Ça m'étonne que Pablo t'ait acheté un appartement dans ce quartier.

– Pablo n'y est pour rien. C'est moi qui l'ai choisi et financé. Tu sais, j'ai gagné pas mal d'argent avec ce métier.

– Ah... oui, sans doute. Moi, j'aurais du mal à vivre ici. J'ai mis une heure à me garer.

– Tu aurais dû m'appeler, je serais descendue.

– Je trouvais ça cavalier. Bon allez, on y va, la table est réservée pour vingt et une heures, ajouta-t-il, décidé.

Santa le suivait docilement, elle avait du mal à imaginer que cet homme grisonnant et sûr de lui ait pu être un ado rebelle aux cheveux longs, qui avait raté deux fois son bac et avait été finalement admis à Sciences-Po parce que Pablo était ami avec le directeur de l'Institut. Pablo parlait toujours de Vincent comme d'un cancre qu'il avait arraché de justesse à l'oisiveté. Et qui heureusement s'était ressaisi en épousant une jeune fille de très bonne famille. Après quoi, Vincent s'était mis à bosser dur, mais était aussi devenu un homme de droite, catholique, sportif (arts martiaux et salle de gym plusieurs fois par semaine), ce qui ne plaisait pas davantage à Pablo, anarchiste de cœur, militant de gauche à ses heures et bon vivant de jour comme de nuit.

Dans la voiture, il lui posa quelques questions sur son nouveau métier de comédienne. Elle jouait dans une pièce de Musset. Vincent fit hum. Et puis dit : « C'était pas un amant de George Sand ? » Alors Santa comprit que ce n'était pas la peine d'insister.

Le théâtre ne l'intéressait pas tellement. Elle demanda poliment des nouvelles de Marlène et des filles. C'était le bon sujet, Vincent s'anima en vantant leurs résultats, l'aînée, Eugénie, était particulièrement prometteuse. Vincent avait des idées très arrêtées sur les jeunes. De la discipline, des repères, des parents carrés, des professeurs pointus. Il se sentait l'étoffe d'un ministre de l'Éducation nationale.

– Ah, ce n'est pas incompatible avec le fait d'avoir mis tes enfants dans le privé ?

– Il sera toujours temps de changer.

Santa se gardait bien de le contredire. D'abord parce qu'elle s'en fichait pas mal, elle n'avait pas suivi sa scolarité en France et n'ayant pas d'enfant ne se sentait pas concernée, ensuite parce qu'elle ne perdait pas espoir d'être aimée de son frère.

Le maître d'hôtel les avait placés entre deux couples. Vincent eut l'air gêné. Il incita sa sœur à commander rapidement. Puis il s'inquiéta de sa belle-mère : comment se remettait-elle de la mort de Pablo ?

– Pas très bien, elle voudrait que je rentre en Espagne.

– Financièrement, elle s'en sort ?

– Moyen. Elle loue une pièce de son appartement à une étudiante mexicaine. Je ne sais pas si c'est vraiment pour l'argent. Ça lui fait de la compagnie.

– Heureusement que Pablo t'a placé de l'argent à Monaco, au moins, tu auras le temps de voir venir, glissa Vincent.

– C'est vrai ? fit Santa.

– Tu dois le savoir mieux que moi, bafouilla Vincent, gêné comme un gamin pris en faute. C'est en tout cas ce que Pablo m'a laissé entendre.

– Ce serait génial !

– Tu devrais être au courant, ou au moins ta mère.

– Alors, je ne crois pas que ce soit vrai, dit Santa, déçue. Elle me l'aurait dit. Si nous ne sommes au courant de rien, c'est qu'il n'y a rien à savoir. Comment a-t-il pu te laisser entendre une chose pareille ?

– Je ne sais pas.

– Pour te faire enrager peut-être...

Santa observa son frère avec perplexité, ce qui semblait augmenter son malaise. Ce devait être ça, l'objet du dîner, se dit Santa, se renseigner sur d'éventuels placements de Pablo à l'étranger. Avec le recul, elle comprit aussi qu'il n'avait tourné en rond avec sa voiture que pour venir inspecter son appartement, voir si l'on ne pouvait pas l'inclure dans l'ensemble de la succession. Elle tenta de ne pas montrer sa déception.

Il eut l'air soulagé de voir le serveur arriver avec les plats. À la moitié du dîner, comme il ne restait plus beaucoup de sujets de conversation, Santa dit :

– Tu devrais passer tes vacances en Espagne, profiter de la maison de papa, que ça ressemble enfin à ce que c'est, une maison de famille. Ma mère en sera heureuse. Elle n'y va plus depuis des années.

– Oui, c'est une bonne idée.

– Béatrice pourrait y aller avec Basile. On aurait enfin une vraie maison de famille...

Il y eut encore un petit bout de conversation : les prochaines élections, les meetings que devait animer

Vincent, les militantes en mal d'affection qui se dévouent corps et âme pour le parti.

– Elles n'ont pas de vie privée, on peut leur demander n'importe quoi, ça leur donne l'impression d'appartenir à une famille.

Plus tard, Santa se remémora cette façon méprisante de parler des militantes. Elle aurait dû se méfier. Vincent s'y entendait pour manipuler les femmes en mal de famille. Elle aurait dû savoir qu'il n'hésiterait pas à lui demander, à elle aussi, n'importe quoi.

Ce fut la seule fois de sa vie où Santa eut l'occasion de voir Vincent seul longuement.

Expérience familiale (Gianni)

Rome, septembre 2004

– Je n'ai pas du tout l'intention d'aller à l'école un jour, a décrété Gianni.

Maintenant qu'Arturo semble tiré d'affaire (depuis qu'il porte ses nouvelles lunettes, il se prend pour quelqu'un d'intelligent et ces gens-là, il le sait, fréquentent l'école), que Rocco envisage la vie comme un honnête travailleur manuel, que Benito et Angelo ont été neutralisés grâce à leur passion commune pour le football (ils ont tous les deux été acceptés dans un club de benjamins réputé pour avoir fourni à l'Italie quelques-uns de ses meilleurs joueurs), Marco a décidé de s'atteler au problème Gianni. Difficile. L'enfant n'est attiré par rien en particulier, ni le foot, ni aucun sport en général, ni la musique, ni le travail manuel, ni les livres. Il ne fraie avec personne, refuse de se lier avec d'autres enfants. Il peut rester des heures allongé sur son lit à regarder le plafond, sans rien demander à quiconque. Il mange à peine, répond quand on lui parle, assez poliment d'ailleurs, mais sans plus. Il ne faudrait pas attendre de lui qu'il amorce une conversation ou exprime un désir. Gianni est un enfant sans désir. Pourvu qu'on ne le touche pas, il reste calme et tranquille, sans jamais rire ni pleurer, là où on lui demande de se poser.

Gianni est devenu le souci premier de Marco qui découvre qu'il est beaucoup plus ardu d'inventer un avenir à un enfant lisse que d'éduquer un gosse rebelle.

– Il va bien falloir, vieux, répète Arturo en courant partout. Si on ne va pas à l'école, on devient bête et on meurt.

Gianni est devenu très pâle.

– Alors, je mourrai.

Gianni quitte la salle commune et va s'asseoir à l'extérieur, sur les marches du perron. Il s'écarte lorsque Marco vient se poser à côté de lui.

– La mort n'est pas un bel avenir.

– Je ne sais pas.

– Moi non plus, à vrai dire. D'ailleurs, personne ne le sait. Mais je crois qu'on est satisfait lorsqu'on a réussi à accomplir quelque chose de bien avant de mourir.

– Et toi, ton quelque chose de bien, c'est de t'occuper de nous ?

– Peut-être. Je n'y ai jamais pensé comme ça. Mais toi, qu'est-ce que tu vas faire de toi ?

– Rien. Pourquoi faudrait-il forcément faire quelque chose ?

– C'est la vie. Il faut s'occuper et gagner de l'argent. Rencontrer des gens, faire une famille. Je ne sais pas, des choses quoi !

– Tu vas te marier, toi ?

– Je ne sais pas. Je ne crois pas beaucoup à la famille.

Gianni regarde enfin Marco et lui sourit.

– Moi non plus.

– J'ai remarqué. Mais pourquoi ? Tu as connu tes parents ?

– Qu'est-ce que ça peut faire ? Je ne te pose pas de questions, moi.

– Tu pourrais, je te répondrais.

Gianni hausse les épaules. Marco continue :

– Ma mère m'a abandonné lorsque j'avais deux ans. Elle est partie vivre sur un autre continent avec un homme. Elle a eu d'autres enfants qu'elle a aimés plus que moi. Je ne l'ai jamais revue.

– Et ton père ?

Marco hésite.

– Finalement, je n'ai pas très envie de parler de ma famille moi non plus.

– Je comprends ça. Moi aussi, j'ai eu une mère et elle est morte.

Marco reste silencieux et veille à ne faire aucun geste.

– C'est son mari qui l'a tuée. Ce n'était pas mon père. Je n'ai pas de père, explique Gianni.

– Je te raconterai mon père aussi. Mais pas pour l'instant. Il faudrait que je mette de l'ordre dans ma tête.

– J'ai le temps.

– Je sais. Je pourrais aussi te parler d'une autre personne que j'aimais beaucoup lorsque j'avais quatorze ans. Je voulais vivre avec elle toute ma vie.

– Et pas elle. C'est toujours comme ça, les histoires d'amour.

Marco sourit. Il adore les yeux bruns si doux de Gianni.

– Ça aurait pu être une belle histoire. Elle voulait bien de moi. Elle avait vingt-cinq ans.

– C'est très vieux.

– C'est mon âge.

– Mais tu es vieux.

– Oui, d'accord, elle était vieille, mais ça ne m'empêchait pas de penser que je pourrais vivre toute ma vie avec elle. Et j'ai eu de la chance, parce qu'elle était d'accord pour que je vive chez elle.

– Et alors ?

– Je suis parti.

– Quoi ???

C'est la première fois, depuis qu'il le connaît, que Marco voit Gianni s'animer.

– C'est idiot, mais c'est la vérité, ça c'est passé comme ça.

– Tu étais vraiment très bête, dit Gianni.

– Je ne sais pas. Il s'est passé des choses. J'ai dû partir.

– Quelles choses ?

– Qui ont à voir avec ce père justement, mais je n'ai pas encore envie d'en parler. Un jour, je te promets, j'ai confiance en toi. C'est trop tôt. Tu vois, cette femme, je crois que je vais la revoir bientôt.

– Elle vit toujours ?

– Oui, à Paris. Et il va falloir que je lui dise pourquoi je suis parti. À cette époque, je n'ai pas osé.

– Tu as peur ?

– Oui.

– Tu me diras pourquoi ?

– Oui. Si tu veux, une autre fois.

Héritage (Gianluca)

Paris, janvier 1994

Il n'y avait rien à espérer, tentait d'expliquer l'avocate Alma Ricci. À partir du moment où Pablo avait réellement eu quatre enfants et souhaité par écrit leur léguer une fortune équivalente, il fallait en prendre son parti, se contenter d'une part moins importante, renoncer à des possessions qui semblaient pourtant aller de soi. Santa s'en moquait, sauf peut-être pour sa mère. Mais elle la savait peu attachée à la maison de San Miguel. Et elle-même n'aspirait pas à hériter d'un château, trop lourd à porter, dans tous les sens du terme.

Béatrice ne voulait renoncer à rien, ni à ses parts sur la clinique, que son mari, enchanté de la tournure des événements, proposait de racheter à la succession, ni à l'hôtel particulier de Neuilly. Elle se voyait dépossédée de tout moyen de pression contre son mari, condamnée, en cas de divorce, à retourner vivre auprès de sa mère, comme s'il ne s'agissait pas de son bien, mais d'une charité que celle-ci lui aurait consentie. *À partir du moment où Pablo avait réellement eu quatre enfants*. Elle répéta cette phrase à son frère et c'est ainsi que l'idée germa. Ne fallait-il pas s'assurer du lien de filiation entre Pablo et Gianluca ? Ce gringalet efféminé n'avait pas le format familial. Certes, il ressemblait à Santa, mais ces Latins ne se ressemblent-ils pas tous ?

La première fois que Santa entendit les doutes de Béatrice au sujet de leur demi-frère, elle ne fut pas surprise. Micki avait proféré les mêmes. Il était dans le caractère de Pablo d'endosser une paternité par simple souci de justice. S'il avait couché, il devait payer et qu'importe qu'il ne soit pas le géniteur. Santa pensait que si sa propre mère doutait, c'est que Pablo lui-même ne devait pas être si sûr que cela d'être le père de Gianluca. Par principe, Micki n'aimait aucun des enfants de Pablo car ils la privaient de la famille qu'elle aurait voulu engendrer elle-même. Mais elle n'avait rien contre Gianluca en particulier. Au contraire, il était le seul qui trouvait grâce à ses yeux. Gianluca n'avait jamais été un rival pour elle, ni pour Santa, dans le cœur de Pablo. Tandis que Vincent et Béatrice étaient, depuis toujours, pour leur père, un constant sujet d'inquiétude, de déception ou de chagrin.

Non, Santa ne fut pas étonnée. Mais triste, car Gianluca correspondait si bien à l'idée qu'elle se faisait d'un frère. Le mois précédent, elle avait retrouvé Gianluca et son fils, Marco, à Venise. Ils s'étaient amusés. Elle commençait à parler italien. Son neveu s'amusait à lui faire réciter des mots de vocabulaire et des expressions nouvelles. Elle était bien avec eux, mais cette affection était encore très neuve. Tandis que son fantasme d'une complicité avec Vincent et Béatrice remontait à si longtemps et avait nourri tout son imaginaire d'adolescente. Elle aurait fait n'importe quoi pour être aimée d'eux, considérée par eux comme leur sœur. *N'importe quoi.* Au début, elle s'était contentée d'écouter les médisances de Béatrice. *Si tu le dis, ma sœur, c'est que tu dois avoir raison.*

C'est Vincent qui prit l'initiative d'une demande d'analyse génétique. L'avocate de Béatrice n'y était pas favorable. Cela semblait si contraire aux volontés du défunt. Et puis, il faudrait le déterrer. Ne pouvait-on pas laisser les morts en paix ? Béatrice objecta que, *post mortem*, le père leur créait bien des difficultés et que, s'il avait eu le souhait de dormir en paix, il n'aurait pas jeté au milieu de leur famille cette bombe à retardement. Les mères se tinrent à l'écart de cette profanation. La première parce qu'elle avait des bonnes raisons de penser que Gianluca était effectivement le fils de son ex-mari, la seconde parce qu'elle aimait encore cet homme et que l'idée d'exhumer son corps lui déplaisait davantage que de devoir abandonner sa résidence.

Santa aurait souhaité ne pas être mêlée à cette forfaiture. Mais on lui fit valoir que sa signature était indispensable. Les sœurs et le frère devaient être unis. Unis. Gianluca paraissait si loin, si petit. *Nous avons besoin de toi. Tu es notre sœur.*

Béatrice lui rouvrit sa maison, l'invitait de nouveau à dîner, l'incitant à revoir Basile plus régulièrement. « Tu lui fais vraiment du bien. » Vincent multiplia les gestes d'union et de réconciliation en bon politicien qu'il s'apprêtait à devenir. « Nous ne pouvons laisser notre famille aux mains des étrangers. » *Notre famille. Le clan Albarán. Santa, tu es des nôtres.*

Elle et lui (3)

Paris, juin 1994

Il était venu sonner à sa porte, comme ça, sans prévenir. Une nuit. Deux semaines peut-être après l'enterrement de Gianluca. Entre-temps, on l'avait envoyé en Provence chez ses grands-parents qui envisageaient désormais de le garder avec eux, s'étaient déjà renseignés pour l'inscrire au collège local à la prochaine rentrée de septembre, et se réjouissaient de redonner ainsi un but à leur existence.

Elle dormait, entendit frapper à la porte comme dans un rêve, manqua de s'étaler dans l'escalier de la mezzanine en trébuchant sur le chat Sancho Pança qui poussa un miaulement qui ressemblait à un juron.

Maintenant, il se tenait bien droit dans l'embrasure de la porte, mince et fragile, avec son blouson débraillé qui lui tombait sur l'épaule, un sac de voyage à moitié vide gisant à ses pieds. Il avait un visage d'enfant, lisse et blond, les yeux las. À moins que ce ne fût un effet de cet éclairage blafard. Il paraissait si jeune, davantage encore que dans son souvenir. Il était comme un animal traqué. Ou un petit prince perdu dans le désert.

– Excuse-moi de te déranger, dit-il.

– Penses-tu, répondit-elle en l'attirant à l'intérieur.

Elle sortit ensuite récupérer Sancho Pança qui s'échappait sur le palier, finalement enchanté de l'animation nocturne.

– Tu peux dormir avec moi là-haut, le matelas est grand. Ou sur le canapé en bas, je peux te le déplier. On parlera demain.

– Ne t'inquiète pas. Je dors où tu me poses.

– Alors monte.

C'est ce qu'il attendait. Il sourit enfin. Pâle sourire.

Que pouvait-elle faire de lui ? Elle ne connaissait rien aux enfants. Il était si beau, un visage dessiné par Botticelli. Elle avait craint de le revoir. Peur qu'il ne comprenne trop bien sa lâcheté.

Elle lui fit enfiler un grand tee-shirt. Il se glissa sous la couette. Depuis quand n'avait-il plus ressenti ce bien-être ? Peut-être même était-ce la première fois. Il repoussait le sommeil pour profiter de sa chance. Il envisageait de rester près d'elle sa vie entière. Et pourquoi non ? N'était-elle pas sa plus proche famille ? Cette nuit de juin était chaude et pourtant il se serra contre elle, presque brûlante, alors qu'il étouffait déjà sous la couette. Marcantonio s'en moquait. Rien ne pouvait l'empêcher de reprendre sa vie en main. À la rentrée, c'est à Paris qu'il voulait étudier.

Il s'étira vers midi, surpris d'avoir fini par s'endormir. Il téléphona à ses grands-parents qui n'avaient pas eu le temps de s'inquiéter. Il était monté dans sa chambre vers vingt heures. S'en était échappé, par la fenêtre, cinq minutes plus tard. Avait été pris en stop rapidement par un routier qui allait à Marseille. De là, il avait trouvé sans mal un automobiliste qui passait par Lyon, en roulant bien au-delà des limites autorisées. Il ne fut pas plus embarrassé entre Lyon et Paris. Au total, neuf heures de voyage. Pour échouer là, épave heureuse dans son lit.

Tu aurais pu nous prévenir, lui reprochèrent les grands-parents. Mais au fond, ils n'étaient pas étonnés. Il était le fils d'une fille qui avait disparu sans explication un matin et n'avait donné signe de vie que trois semaines plus tard, pour annoncer son installation définitive à Caracas. Ils tentèrent de le persuader de revenir pour la rentrée, en septembre. Ils insistèrent. Santa n'avait jamais réclamé sa garde. Il ne pouvait pas s'imposer. Touché. Il prétendit que la proposition venait d'elle. Mais, au fond de lui, l'argument avait porté. Et si elle ne faisait que le tolérer ? Par pitié. En mémoire de son père. Sans affection réelle, personnelle. Un pauvre orphelin. Dégoût de lui-même. Fureur rentrée.

– Tu en fais une tête ? dit-elle. Ils exigent que tu rentres immédiatement ?

– Non, ils s'en fichent. Ils disent seulement qu'il faut préparer la rentrée.

– Mais, on a le temps !

– Les inscriptions se font en juin.

– Ils doivent avoir raison. Il va falloir t'inscrire quelque part. Mais où ? Tu as une idée ? Tu ne veux plus retourner dans ta pension ?

Il secoua la tête.

– Tu ne veux pas habiter avec eux ?

Nouveau signe de tête.

– Alors il faut te trouver un lycée ici. Ça ne doit pas être bien compliqué.

Elle prononçait les mots qu'il fallait. Marcantonio se sentait rassuré. Ses grands-parents n'y connaissaient rien, des rabat-joie. Prisonnière entre eux deux, sa mère n'avait pas eu d'autre choix que de partir, c'est sûr.

Santa ignorait tout du système scolaire français et préféra s'en remettre à Vincent, qui pourrait décharger sa conscience en utilisant quelque passe-droit pour faire admettre leur neveu dans un lycée proche des Halles. Ce qu'il fit, d'ailleurs. Avec plaisir. Cela l'arrangeait au-delà de ses espérances que cet enfant soit venu, sans qu'on l'y oblige, se placer sous la protection des Albarán. À présent, il avait trouvé, sous l'apparence d'une grande générosité, le moyen le plus habile pour déposséder à jamais la branche italienne de son héritage.

Il prit contact avec les grands-parents et leur proposa de prendre entièrement à sa charge l'éducation et l'entretien de Marcantonio. En échange de quoi, ils lui signaient un papier dans lequel ils renonçaient, au nom de la descendance de Gianluca, à toute prétention sur la succession. Il leur fit entendre qu'il existait des doutes quant à la filiation de Gianluca. À sa grande surprise, les deux retraités ne tentèrent même pas de protester. Ils acceptèrent avec un empressement que Vincent trouva presque écœurant. Il éprouva même un semblant de compassion pour l'orphelin dont on se débarrassait de si bon cœur, se méprenant sur les raisons qui poussaient ces deux vieux à se défaire de l'enfant qu'ils aimaient, car ils l'aimaient tant qu'ils préféraient lui assurer un avenir plutôt que de prendre le risque de le voir dépossédé de tout. C'est qu'ils avaient de bonnes raisons de penser qu'un jour Marcantonio pourrait être accusé d'imposture.

Elle et lui (4)

Paris, novembre 2004

— Vraiment, Marco, tu ne pourrais pas trouver quelques jours pour venir à Paris.

— Je te promets que je le ferai dès que ce sera possible. Pour l'instant, les enfants me donnent trop de soucis.

— Tu es si étrange.

Marco est resté un mystère pour elle. Il semblait ne jamais vouloir la quitter. Et puis soudain, il a disparu. Avait-il enfin compris ce qu'ils avaient fait à Gianluca ?

— As-tu reçu mes lettres au sujet de Pablo ?

— Oui, je te remercie.

— C'est ce que tu souhaitais ?

— Oui, je ne sais pas. Pour savoir ce que l'on cherche, il faut avoir tout exploré. Nous avons tous été très seuls. Ce n'est de la faute de personne. Tu ne peux pas accuser ton père. Que voulais-tu qu'il fasse ? Qu'il élève Gianluca comme un enfant qu'il aurait désiré ? Personne ne l'aurait fait. Je vois des choses bien pires, et des vies plus hypothéquées que les nôtres. Nous ne pouvons pas nous plaindre des manquements de ceux qui sont venus avant nous. Nous devrions nous demander plutôt : et nous que faisons-nous pour ceux qui viendront après ?

– Tu as sûrement raison, Marco. Mais il n'y aura personne après moi.

Il remarque la sécheresse du ton, s'en veut de s'être montré si sentencieux. Il se sent pédant brusquement. Ainsi, il ne saura jamais se faire comprendre d'elle. Désespéré, il dit :

– Qu'est-ce que tu en sais ? Tu as du temps devant toi.

– Viens me voir, Marco, tu comprendras mieux ce que j'essaie de te dire. L'assèchement d'une vie, ça ne s'explique pas, ça se constate.

– Je viendrai, c'est promis, dès que je le pourrai. Il y a des choses que je veux te dire moi aussi, et c'est impossible par téléphone.

Marco a tenté d'adoucir sa voix pour lui faire comprendre qu'il ne la juge pas. Il se demande s'il y est parvenu. Il réalise à quel point la tendresse est une dimension qui a disparu de sa vie. La compassion, la pitié, l'affection, la générosité, oui, ça il connaît, mais la tendresse, se laisser déborder par l'émotion, non, il ne s'abandonne pas, il ne le peut pas.

Santa a raccroché, fâchée qu'il ait si mal interprété ce qu'elle cherchait à lui transmettre. Ce n'était pas une plainte, à moins que la plainte (liée à ces mois si difficiles sans Rafael) ne l'ait submergée au point de transparaître dans sa façon même de lui parler. Bien sûr, Marcantonio a raison. Tant de gens ont tant de raisons de souffrir, pourquoi se laisser pourrir l'existence pour si peu ? Une famille en miettes est un lot banal. Un amant envolé également. Elle a un toit, dans un quartier agréable, un travail qui ne lui pèse pas trop (en tout cas qui lui permet de dormir le matin, ce qui satisfait sa nature insomniaque), de quoi manger et s'amuser, pourquoi s'apitoyer ?

Marco tremble. Il n'aurait pas dû. Qu'est-ce qu'il lui a pris, de vouloir jouer les adultes, les grands sages qui distribuent leurs conseils. En plus, ce n'est pas du tout ce qu'il voulait exprimer. La vérité est qu'il a perçu chez elle une solitude « de naissance », semblable à la sienne, et qu'il la comprend si bien qu'il pensait pouvoir l'aider en lui montrant comment il tente, lui, d'y échapper. Difficile à expliquer quand on est si loin, quand on ne s'est pas vus depuis plus de dix ans.

– J'ai faim, gueule Benito.

– Il n'est que six heures et demie.

– Et alors, j'ai faim quand même !

Sandrina est venue dîner avec eux. Ce n'est pas la première fois. Elle est parvenue à se glisser deux soirs déjà dans la routine des garçons. Elle cuisine bien. Les mômes sont contents d'avoir une présence maternelle. Les plus âgés font les malins pour attirer son attention. Les plus jeunes la provoquent un peu, mais ils n'attendent qu'une chose, être câlinés. Comme les plus vieux, d'ailleurs. Il n'y a que Gianni qui se tienne à l'écart. Les soirs où elle est là, Rocco récure avec plus de soin ses mains pleines de cambouis, il s'enduit de gomina et s'asperge de parfum bon marché.

Angelo se bouche le nez.

– Ah, tu pues Rocco.

Ce n'est pas faux, mais ça fait rire Marco. Rocco sera bientôt majeur, il fera ce qu'il voudra. Sandrina est majeure aussi et la prostitution n'est pas un avenir pour elle. Elle a compris que Marco ne se laisserait pas prendre une deuxième fois. Ça la rend triste, mais ça lui fait du bien aussi d'être regardée pour elle-même, et non pour ce qu'elle a à vendre. Marco a mis du cœur ces dernières semaines à lui apprendre à lire des livres entiers. Il a commencé par lui mettre entre les mains des petits romans pour la jeunesse (donnant les mêmes à Rocco). Puis il les a envoyés se servir à la bibliothèque municipale. Elle s'est choisi des histoires à l'eau de rose (elle n'est plus certaine d'avoir envie d'avaler les mille pages d'un roman de Morante), il a décidé que la bande dessinée, ça valait bien n'importe quel livre et vu d'où il était parti, (deux ans plus tôt il ne lisait même pas son propre prénom), c'était drôlement méritoire.

Marco se doute que Sandrina n'abandonnera pas si vite ses tentatives de séduction et se tient sur ses gardes. Il se demande parfois s'il n'a pas tort de la repousser. Après tout, il pourrait l'épouser. Ils s'occuperaient ensemble des gosses des rues. Elle en connaît un rayon sur la rue. Ils seraient peut-être forts, tous les deux, unis. Mais quelque chose le retient. Il ne sait pas quoi exactement. L'idée est encore vague.

Héritage (Santa)

Paris, février 1994

Santa regarde ses pieds, la table, les gens installés dans ce bar des Halles, n'importe quoi, en fait, plutôt que le visage de son demi-frère et son sourire mielleux.

– C'est si important pour notre famille, insiste Vincent, pour la mémoire de notre père.

– Je te crois, mais vous n'avez certainement pas besoin de mon accord.

– Il est important d'agir unis, tu comprends ? Nous sommes une famille. Si Gianluca est un usurpateur, on ne peut pas le laisser faire. C'est une simple analyse de sang, rien d'autre. Tu penses que j'ai tort ?

Il est son frère, celui qu'elle attend depuis l'été de ses dix ans, il ne saurait avoir tort. Mais pourquoi faut-il qu'il lui réclame un tel sacrifice ? Ne pourrait-elle avoir deux frères ?

– L'avocate t'attend. Tu as rendez-vous vendredi matin.

– Bien, j'irai.

– Je savais que nous pouvions compter sur toi.

Nous t'attendons pour déjeuner dimanche. Béatrice sera là, avec Basile.

– Merci, c'est gentil.

– C'est tout naturel.

Son pire cauchemar. Pour être enfin adoubée par Béatrice et Vincent, il lui faut renier Gianluca. Les aînés réclament une expertise génétique. D'après l'avocate, la demande n'est recevable qui si elle est signée des trois enfants légitimes. Santa comprendra trop tard qu'il n'y avait nul nécessité à cela et qu'il s'agissait seulement, pour l'avocate, d'un moyen pour dissuader la fratrie d'entrer en guerre. Santa semblant si peu décidée à se battre, on pouvait espérer qu'elle ferait entendre raison à ses aînés. Mais c'était mal connaître sa nature si incertaine, si désireuse de leur plaire. Sans doute Alma Ricci a-t-elle mal évalué la capacité de Santa à faire valoir la justice ou l'équité.

Santa ne dort plus. Partagée entre le bonheur d'appartenir enfin au clan Albarán et le remords. Le visage fin de Gianluca. Les rires de son fils. Le Petit Prince dans les rues de Venise, le mois dernier. Si seulement, elle n'avait pas accepté de les rejoindre là-bas, en Italie, elle aurait moins de regrets. Il a dû rentrer à l'hôtel à présent, reprendre sa vie impersonnelle, dans sa chambre sans âme, attendant les visites de Marcantonio, entre un verre de whisky et quelques notes sirupeuses. Six mois auparavant, ils ne se connaissaient pas. Ils n'avaient pas dormi ensemble, pas avalé tous ces kilomètres, collés l'un à l'autre sur la moto. Elle n'avait aucune place dans l'enfance de Marco. Ils n'avaient pas de souvenirs communs. Elle n'avait pas encore vu leurs visages heureux lorsqu'ils étaient venus la chercher en gare de Venise après une nuit de voyage. Et pour aller jusqu'à Trieste, Gianluca avait annoncé j'ai loué une voiture. Et il en était fier. C'était bien la première fois qu'il prenait des décisions pour trois. Ça pouvait ressembler au bonheur. Et si, réellement, il n'était pas son frère, tout cela n'aurait été qu'usurpation ?

À présent, elle est là, dans ce cabinet, mal à l'aise, se tordant les mains.

– Êtes-vous certaine de vouloir vous associer à cette demande ? lui répète l'avocate.

– Ai-je le choix ?

– Nous avons toujours le choix.

– Croyez-vous, vraiment ? C'est la première fois que mon frère me demande de lui rendre un service et il faudrait que je le lui refuse ? Alors, je n'aurais plus aucune chance de faire partie d'une famille. J'aurais tellement voulu que Gianluca soit mon frère sans que cela pose problème.

– Sans doute l'est-il.

– Dans ce cas, je me serais condamnée.

– Vous pouvez prendre encore du temps pour réfléchir.

– Qu'est-ce que cela changerait ?

– Vous pourriez refuser.

– Je n'ai pas la force de m'opposer.

Le visage de Santa est pâle. Alma Ricci a encore le pouvoir de lui dire que sa signature n'est pas nécessaire, mais cela ne servirait à rien. À partir du moment où elle a été sollicitée, Santa se sent l'obligation de répondre présente, même si c'est inutile.

– Je suis désolée, répète l'avocate tandis que les larmes coulent sur les joues de Santa.

– L'idée que Gianluca reçoive bientôt ce papier et qu'il soit signé par moi m'est insupportable.

– Je comprends.

– Il sera tellement déçu. Il pensera que je n'étais pas sincère. Et c'est faux. Je souhaite tellement qu'il soit mon frère, répéta Santa.

L'avocate n'ajoute rien, elle se contente de placer le papier demandant l'analyse génétique devant la jeune femme. Elle ne lui en présente qu'un exemplaire au lieu des trois que les autres protagonistes ont signés. Elle conservera dans ses dossiers personnels l'unique copie sur laquelle Santa vient d'inscrire son nom. Celle qui sera envoyée en Italie et celle qui, le cas échéant, sera produite devant le tribunal attesteront que Santa n'a jamais souhaité être mêlée à cette infamie.

Ce geste si humain de la part de l'avocate et qui aurait dû la soulager, Santa n'en sut jamais rien. Car juridiquement, l'affaire resta sans suite. Certes, Gianluca finit par se soumettre à une prise de sang, tandis qu'on prélevait sur le cadavre de Pablo une mèche de cheveux. Mais le temps que travaillent les laboratoires chargés de l'expertise, la situation avait changé. Lorsque leur parvinrent les résultats, attestant que Gianluca était effectivement le fils de Pablo Albarán, et par conséquent leur demi-frère à tous, celui-ci était déjà mort et enterré. Et Santa devrait continuer à vivre avec cet insupportable fardeau.

Expérience familiale (Aurèle)

Paris, novembre 2004

Santa n'a jamais mis les pieds chez son frère. Lors de l'ouverture de la succession, il vivait encore avec sa mère, dans l'hôtel particulier de Neuilly. Puis, lorsqu'il a déménagé, laissant sa place à Béatrice, Santa avait déjà pris ses distances. Gianluca s'était tué par leur faute. Marco avait fichu le camp. Elle ne tenait plus à appartenir à cette famille.

Vincent Albarand est à présent secrétaire d'État à l'artisanat et conseiller général de l'Oise. Son appartement s'étend de la rue du Parc-Saint-James à la rue du bois de Boulogne à Neuilly (avoisinant les quatre cents mètres carrés). Santa constate qu'il est meublé avec goût. Un décor sobre, des meubles de bois foncé, rustiques, destinés à faire croire que la famille est ancienne et transmet ses effets de génération en génération. Les tapis en fibre végétale complètent ce côté « restons simples ». On s'y sent bien, comme dans une maison de famille. Quelques tableaux d'art contemporain témoignent que prolonger une longue lignée de châtelains n'empêche pas d'être branché sur un monde qui évolue.

L'épouse de cet heureux propriétaire est de bon goût elle aussi, visage dégagé, traits réguliers, yeux à peine maquillés, lèvres et joues à peine rosies. Ses cheveux châtains grisonnent, mais elle a décidé d'assumer (cette authenticité toujours, si bien assortie à l'appartement) et les tire en chignon. Son pantalon beige est simple, classique, d'excellente qualité, tout comme son chemisier brun aux reflets mordorés.

La fille aînée, Eugénie, poursuit un parcours scolaire sans tache, elle est entrée à HEC du premier coup. Elle a surpris son monde en annonçant son mariage prochain, dès sa sortie de l'école, avec un de ses congénères : Amaury de Bellange. Mais, passé l'étonnement, chacun s'en est réjoui et félicité. Elle porte une jupe bleu marine longue et ample, une longue veste de même couleur, qui l'affinent (elle aurait tendance à avoir la carrure Albarán).

Santa songe que son effort vestimentaire qui, il y a deux heures, lui paraissait correct, apparaît à présent nettement insuffisant. Son pantalon noir est défraîchi, sa veste aussi et son tee-shirt aurait gagné à être un chemisier. Elle n'ose pas allumer une cigarette. Dans l'air plane un parfum délicat et il n'y a de cendrier nulle part. Elle trinque mollement au bonheur futur d'Eugénie et trempe sans conviction ses lèvres dans le champagne. Sans tabac, le breuvage est triste. Elle songe qu'elle a passé l'âge de venir s'ennuyer un dimanche dans une réunion de famille qui est à peine la sienne et se demande comment elle pourrait abréger le déjeuner. Ça fait plus de huit ans qu'elle n'a pas vu les filles de son frère. La dernière fois, c'était pour la communion d'Eugénie, qui devait avoir douze ou treize ans, et sa sœur, Aurèle, neuf ou dix.

L'irruption dans l'appartement d'un énergumène en survêtement, à la crinière noire hirsute, piercing dans le nez et à l'arcade sourcilière, l'oblige à sortir de ses réflexions moroses.

– Je sais, crie l'extraterrestre, je vais prendre une douche.

– Tu peux au moins dire bonjour à ta tante.

Ta tante, elle ne s'y fait pas. Et ce mot n'est plus si doux. Il la renvoie seulement au temps qui passe, à la famille qu'elle n'a pas su créer elle-même.

Aurèle, donc, dépose une bise appuyée sur la joue de Santa en disant d'une voix sonore contente de te revoir. Vincent soupire il faut bien que jeunesse se passe, sur le ton de « Qu'est-ce que je pourrais bien faire de cette fille ? » Eugénie détourne la tête. Quand Aurèle revient, elle est vêtue d'un jean large et d'un marcel nid-d'abeilles, les cheveux hérissés au gel. Santa est saisie de sa ressemblance avec Pablo. Visage carré, lèvres charnues, nez recourbé, les yeux bruns et larges. Un mètre quatre-vingts au moins. Et les épaules ! « J'ai faim ! » dit-elle, très fort. « Mais nous t'attendions pour déjeuner », répond sa mère, très digne.

Chez les Albarand, les repas dominicaux sont simples et bons : tomates-mozarella, classique, gigot et haricots verts, et fruits. Pas de fromage, mauvais pour la ligne. Une petite goutte de vin, parce qu'on a une invitée. On échange des propos fades. Aurèle va passer le bac. L'aura-t-elle ? « Quand même ! proteste l'intéressée. Je sais que j'ai pas l'air, mais je ne suis pas idiote ! » Et après ? Du handball. Aurèle veut être sélectionnée dans l'équipe de France. « Elle a de si bons résultats en mathématiques, gémit sa mère, quel gâchis ! » Le père maugrée qu'on a le temps de voir. Santa rit derrière sa serviette. Aurèle, si mal nommée. Quel dieu farceur l'a posée là, dans cette famille ? Décidément la troisième génération Albarán relève le défi. Après le rockeur des banlieues chic et le travailleur social des bas-fonds romains, une hand-balleuse lesbienne (à coup sûr). Santa ne regrette pas d'être venue, finalement.

– Comment va ta mère ? demande Vincent.

– Bien. Et la tienne ?

– Bien aussi.

Contre toute attente, la vie a offert à la première femme de Pablo, Monique Girod, davantage de raisons de se réjouir qu'à Michèle Robin (dite Miche, dite Micki). La première peut se flatter d'avoir un fils qui a réussi au-delà de toute mesure, ainsi qu'une fille fortunée qui est revenue dans son giron et qu'elle peut martyriser à plaisir. Toute mère en rêverait. Santa se sent brusquement un peu de compassion pour sa propre génitrice qui avait tant espéré d'elle pour ne jamais rien recevoir. La future Sarah Bernhardt, serveuse aux Halles, célibataire, sans enfant, vivant dans un studio. Ne passe jamais un coup de téléphone. Santa est une fille nulle pour une mère. Elle le sait bien.

Vincent se racle la gorge, signe qu'il prépare une intervention d'importance.

– Je voudrais te faire une proposition.

Ainsi, ce déjeuner poursuivait un objectif. Le contraire eût été surprenant.

– Voilà, je trouve dommage que la maison de notre père ne vive pas davantage, commence Vincent.

– Mais je t'ai toujours proposé de t'y rendre quand tu le souhaiterais.

– Je sais, je t'en remercie. Mais j'ai pensé à autre chose : je pourrais t'acheter ta part et y faire les travaux nécessaires pour qu'elle redevienne ce que tu souhaitais, une maison de famille.

– Tu veux acheter la maison de San Miguel ? répète Santa, sidérée.

– Oui, en fait.

– Ah, mais c'est que ma mère y est attachée. Elle y a passé du temps, enfant, pendant la guerre. Je ne peux pas en disposer comme ça. Et puis, ce n'est pas une simple maison, c'est un château très ancien, ça vaut très cher maintenant en Espagne, les vestiges de l'aristocratie !

Elle ne sait pas bien pourquoi elle débite ces inepties. Ou peut-être si : vingt ans de pratique de Vincent lui ont appris à se servir de ses armes à lui, à lui renvoyer son propre discours dans la figure. Bien vu. Il a pâli. Santa remarque que le visage d'Aurèle est en train de s'éclairer. Elle soupçonne que le château en question a dû faire l'objet de discussions familiales où, en gros, monsieur le conseiller général se proposait de plumer sa cruche de sœur pour s'offrir une maison de vacances prestigieuse à peu de frais.

– Cela est certain, enchaîne Vincent qui reprend rapidement ses esprits. Pour ce qui concerne ta mère, je lui ai écrit pour l'informer de mes intentions. Elle n'y voit pas d'objection mais, bien entendu, te laisse libre de ta décision. Quant au prix, je n'ai pas l'intention de profiter de ma situation de frère, j'entends bien te régler ce qui t'est dû.

Ainsi, sa mère savait et ne lui en a rien dit. Sont-elles devenues des étrangères l'une pour l'autre. Depuis quand ne lui a-t-elle pas parlé ? Santa est-elle à ce point une fille dénaturée ?

C'est ça le vrai choc, de se rendre compte à quel point elle s'est exclue de sa propre vie. Son pays dans lequel elle n'a plus séjourné depuis près de trois ans. Sa mère qu'elle n'a pas revue depuis lors, ne lui ayant même jamais proposé de l'inviter à Paris. Son frère qui continue à la prendre pour une poire. Ses nièces qu'elle ne connaît même pas. Elle reprend alors un discours mercantile qui l'étonne :

– Je ne braderais pas la maison de mon enfance. Je ne la céderais pas à moins de quatre cent mille euros. Évidemment, je pourrais obtenir beaucoup plus en la vendant à des Espagnols et encore plus à des Américains, mais je préfère que ce château reste dans la famille. Je pense que papa l'aurait souhaité ainsi.

Santa voit bien que Vincent est coincé. Il n'ignore pas que les prix sont élevés, que la propriété est grande et classée monument historique. Il comptait justement se réclamer de cette noblesse pour accroître sa respectabilité. Devant sa femme, devant ses filles, il n'ose marchander. Il répond, puisqu'il a décidé désormais d'avoir l'air d'un prince :

– Soit, je ne discuterai pas. Ton prix sera le mien. Je vais demander à mon notaire de se mettre en contact avec celui de ta mère à Madrid. Ils prepareront l'acte.

– Tu ne veux pas aller y faire un tour avant de te décider ? Moi-même, je n'ai pas d'idée de l'état dans lequel on trouvera le bâtiment. Je sais que ma mère le fait entretenir, mais enfin, ce n'est pas comme l'habiter.

– De toute façon, je compte faire des travaux. Et puis, tu es ma sœur. Tu as davantage besoin d'argent que moi, je te l'ai dit, je ne discuterai pas.

De la charité. Voilà comment il veut clore le débat. Eh bien soit, qui est-elle à côté de lui ?

Elle et lui (5)

– Cet été, je t'emmène en Espagne, chez ma mère. Marcantonio n'est pas un adolescent qu'il faut contenir ou materner. Il est libre, indépendant. Il sait s'occuper de lui-même. À cette époque, elle gagne sa vie plutôt bien. Il lui reste de l'argent du temps où on la payait des fortunes pour poser dans des tenues extravagantes et s'afficher sur papier glacé. On la demande au théâtre. Elle sera religieuse dans *Port-Royal*, homosexuelle dans *Huis clos*. Elle aime la langue et la gestuelle. Elle se sent libre. Ils n'auront pas de souci d'argent. Elle peut prendre en charge ce fils qui lui tombe du ciel. Elle lui confie le budget. Il sait y faire. La vie lui a appris à être économe. Et soigneux. Il range, il nettoie, il s'occupe du chat. Ses préoccupations sont d'un autre âge. Il dort tout contre elle et sait qu'il n'en aimera jamais d'autre qu'elle avec ce dévouement, cette ferveur. Il l'a choisie. Pour ne pas l'effrayer, il n'a pas de gestes déplacés. Rien ne presse. Un jour, elle saura qu'il est l'homme qu'il lui faut. Cette chance qu'il a de pouvoir vivre près d'elle, de profiter de son affection maternelle… c'est la meilleure place pour attendre. Ils portent le même nom et personne ne s'étonne. Elle est la tante généreuse qui a recueilli l'orphelin. Il est le neveu qui se laisse faire. Un jour, il saura la convaincre que rien ne peut les séparer.

Micki s'étonne :

– Tu veux vraiment t'encombrer d'un môme que tu connais si peu ? Tu ne sais rien des adolescents. Ce n'est pas facile. C'est beaucoup de responsabilités.

Santa dit qu'il n'est pas comme les autres, qu'elle pourra le constater par elle-même. Ils viendront en Espagne, à Madrid, à San Miguel, et sans doute au bord de la mer. Il ne sait pas s'il a envie de rencontrer la mère, il a un peu peur, mais il est curieux, au fond. Savoir d'où elle vient, ce qu'a été son enfance.

Micki est une femme urbaine qui sait recevoir. Elle a laissé pousser ses cheveux et les tire en arrière. Habillée de noir, elle a fini par ressembler à une vraie veuve espagnole. La disparition de Pablo a créé un vide immense dans sa vie, ce que Santa refuse de voir. Elle approuve la décision de Micki de louer la chambre d'amis à une étudiante étrangère. Ça l'arrange. Cette fille la remplace en quelque sorte, même si elle change à chaque rentrée. Micki est une femme de cœur qui éprouve de la compassion. Cet enfant qui a souffert, elle ne le rejette pas. Elle s'en occupe, lui propose de visiter la ville, de l'emmener au cinéma, de lui offrir des cours d'équitation pour qu'il puisse chevaucher avec Santa dans la campagne de San Miguel. Il est touché. Il regarde avec attention les photos de Pablo, enterré depuis plus d'un an. Délicat, il évite de dire qu'il le connaissait, que son grand-père le visitait parfois dans sa pension de

Vénétie, qu'ils allaient dîner entre hommes, avec Gianluca, dans les bons restaurants de Venise, et écouter des concerts dans les églises. Il sent que cette autre vie de Pablo ne plairait pas à Micki. À Santa, lorsqu'ils sont seuls, il le raconte. Qu'elle sache qu'il partage son deuil, qu'il a eu de la peine en apprenant son décès, qu'il l'avait vu, malade quelques mois plus tôt, qu'il s'était douté que, sans doute, il ne le reverrait plus.

Ils s'en vont, tous les deux, sur la Costa Brava. Ce n'est pas l'Italie, mais au moins on peut se baigner. Ça ressemble à des vacances. Il remarque que sur la plage les filles commencent à se retourner sur lui. Il a grandi ces dernières semaines. Ça amuse Santa. Elle l'appelle mon éphèbe. Elle aime l'idée qu'il ait connu Pablo, qu'ils partagent son souvenir. Elle s'apaise. Par moments, le cauchemar de sa signature en bas de la lettre qui a tué Gianluca sort de sa mémoire. C'est fugace, mais ça lui fait du bien. Elle sait qu'il lui faudra un jour expliquer cela à Marcantonio. Et qu'alors il la haïra. Ce sera sa punition. Elle l'attend. Elle cherche même à la rendre plus douloureuse en aimant chaque jour cet enfant davantage.

Vers le milieu du mois d'août, ils rentrent à Paris. Elle a un planning de répétitions très chargé. Marco y assiste parfois, il apprend les textes avec elle et donne ses conseils. Vers la fin de l'été, les grands-parents de Provence annoncent que les deux malles contenant la totalité des effets de Gianluca viennent d'arriver. Le directeur de l'hôtel a fini par les faire acheminer vers la France. Ils proposent à Marco de venir prendre ce qui l'intéresse, de jeter ce dont il ne veut pas et de ranger le reste dans la maison. Il reste quelques jours avant la rentrée. Marco annonce qu'il va y passer le week-end.

Elle a physiquement senti les sueurs froides mouiller son corps. La lettre. Impossible que Gianluca ne l'ait pas conservée. Plus que quelques jours et Marco saura. Que Santa s'est associée à Vincent et à Béatrice pour accuser Gianluca d'usurpation. Qu'elle est, elle, (parce qu'elle avait tissé avec lui un lien d'intimité) plus sûrement coupable du suicide de Gianluca que son frère ou sa sœur. La lettre était datée de février. En avril, Gianluca acceptait de se soumettre à une prise de sang. En mai, on le retrouvait mort dans sa chambre. Il avait avalé deux boîtes de médicaments contre la tachycardie. Ses battements cardiaques se sont ralentis et puis, son cœur s'est arrêté. *Son cœur.*

Qu'a-t-elle fait du cœur de son frère ? Et qu'est-ce que cela lui a apporté ? Elle a sacrifié Gianluca et n'a rien eu en échange, pas même une miette d'affection de la part de Vincent ou de Béatrice. Elle restera pour eux cette même étrangère. La différence, c'est qu'ils lui sont devenus pareillement des étrangers. Ils la dégoûtent. Elle a enfin renoncé à sa quête désespérée.

Elle devrait parler à Marco avant qu'il ne s'en aille. Les mots restent prisonniers au fond d'elle-même. Elle ne se trouve aucune excuse. Elle va le laisser partir et attendra le châtiment. Si elle a de la chance, il reviendra lui réclamer des explications. Sinon, elle s'inclinera. N'aura plus qu'à ressasser son chagrin. L'aura bien mérité.

Elle le serre dans ses bras, lui dit qu'elle l'aime, qu'il va lui falloir du courage, qu'elle l'attend. Il se sent fort, presque un homme. Qu'elle ne s'inquiète pas, il a vécu pire. Et pourtant.

La veille de la rentrée, les grands-parents appellent, ils sont désolés. Marco a demandé à retourner dans sa pension, en Vénétie. Il veut retrouver ses habitudes, son monde, ses copains. On ne peut pas lui en vouloir, c'est un enfant qui a souffert, n'est-ce pas ? Bien sûr, elle comprend. Vincent fera le nécessaire pour que Marco y soit accueilli dans les meilleures conditions. Mais n'a-t-il pas demandé à lui parler ? Hélas, mademoiselle, il ne nous parle pas non plus. Il attend son départ. Il ne sort pas. Il est muet. La mort de son père, vous savez, ça a été un tel choc pour lui. Et les deuils, c'est toujours à retardement qu'ils vous font souffrir. En tout cas, merci de vous être si bien occupée de lui. Au moins, il aura eu un bel été.

Expérience familiale (La Felicità)

Rome, décembre 2004

Marco a toujours eu pour habitude de ne pas s'abandonner au découragement. Mais cela lui demande parfois de gros efforts. Rocco s'est lassé d'avoir les mains sales et menace d'envoyer au diable son « exploiteur ». Dans cette affaire, Marco bénit la présence de Sandrina qui le soutient dans son difficile exercice de motivation. Eh oui, le travail n'est pas naturel et alors ? Qu'est-ce qui l'est ? Qui a dit que la vie devait aller de soi ? On ne t'a pas signé de contrat à la naissance certifiant que tu auras éternel-lement droit au confort, au plaisir, à la paresse ou au bonheur, tu n'as pas le droit de te plaindre. Tu frayes avec la réalité. C'est ton lot. Le travail est difficile et paye peu ? C'est un passeport pour une vie honnête, satisfaisante ? Qui a envie d'une vie honnête et satis-faisante, à dix-sept ans, quand les gangs vous tendent les bras pour vous offrir de l'argent facile et le prestige d'une vie à risques ? Tu parles d'une vie, pour se faire trouer la peau sans avoir vu ses vingt ans. Rocco finit par promettre de ne pas claquer la porte sur un coup de tête. Il ne jure pas qu'il ravalera sa fierté encore longtemps, mais au moins, qu'il consultera Marco (et Sandrina) avant de se (leur) créer des problèmes supplémentaires. C'est déjà ça.

Arturo s'est fait casser ses lunettes. Une baston et voilà, les carreaux n'ont pas tenu le choc. Il est dégoûté. A failli pleurer comme une fille quand il les a vues en miettes sur le trottoir. Veut abandonner l'école, repaire de nazes. Marco dit qu'on les refera faire. S'en fout, Arturo. N'en veut plus. « Ne sois pas borné, dit Marco, c'est normal de casser ses lunettes, c'est pour ça qu'il existe des assurances, on reprendra les mêmes, je te dis. » Et on les reproduira autant de fois qu'il le faudra jusqu'à ce qu'il soit bien clair dans leurs têtes à tous qu'Arturo est un garçon à lunettes et qu'en plus ça lui va bien, et qu'en plus il est à la fois rude à la bagarre et bon en lecture. Les deux ne sont pas incompatibles. Capituler, c'est accepter le triomphe des imbéciles. Ah oui ? Bon alors, pourquoi pas ?

Gianni, heureusement, a toujours son gentil sourire pour peu qu'on ne lui demande rien. Lui non plus ne demande rien, pas même la suite de l'histoire que Marco avait promis de lui confier. Il fait la vaisselle, il range, il nettoie. Ça ne le dérange pas. Marco pense qu'il devait aider sa mère, jadis, à la maison. Gianni regarde ses *frères* de ses grands yeux bruns. Tant qu'on ne lui propose pas de jouer, il reste calme, souriant. On dirait un enfant heureux. Comblé. Mais il est le seul à avoir noté que Marco est devenu nerveux depuis quelques jours. Il sait que ça a un rapport avec un coup de téléphone reçu en pleine nuit. Gianni a son lit dans la chambre sous celle de Marco. Lui non plus ne dort presque pas la nuit. Il sait tout ce qui se passe au-dessus de sa tête. Il a envie de savoir. C'est la première fois depuis bien longtemps que Gianni a envie de quelque chose. Et là, c'est de comprendre pourquoi un type comme Marco, qui a l'air solide et tout, a encore du mal à parler de sa famille et se laisse abattre par des gens qui lui téléphonent la nuit. Il n'aime pas trop sentir sa curiosité émoustillée. Ça lui donne l'impression de redevenir vivant. Et vivant, il sait, c'est douloureux. Quand on est mort, ou tout comme, on ne sent rien, ça fait même pas mal.

C'est le soir. Les garçons sont couchés. Sandrina est rentrée chez elle et Rocco a fait le mur. Gianni le sait, il a entendu. (Marco aussi, mais il laisse faire, c'est bon pour Rocco, et ça ne fera pas de mal à Sandrina, même si son cœur à lui se serre un peu. Pourquoi est-il donc si incapable de saisir l'amour qu'on lui porte ?) Gianni est assis sur son lit. C'est celui du bas, sous Arturo. À cette heure, le balafré dort ferme. C'est une bonne nature finalement. Gianni écoute les bruits de la maison. Les murs sont vivants, ils craquent par endroits, les canalisations émettent des borborygmes. C'est rassurant, familier. Le pas de Marco se fait entendre dans l'escalier. Gianni pense qu'il va descendre jusqu'à la cuisine, boire une tisane peut-être, ou un verre de lait. Gianni boirait bien un verre de lait, lui aussi. Il attend un peu après le passage de Marco et se lève à son tour. S'il a vu juste, ils vont se retrouver ensemble dans la cuisine. Exact. Marco sursaute : « Tu m'as fait peur, je ne t'avais pas entendu. Pourquoi tu ne dors pas ? » Gianni explique que c'est sa nature. Il ne dort pas, voilà, c'est comme ça. Marco se souvient que la mère de Gianni est morte sous le coup de l'homme avec lequel elle vivait.

– Il la battait la nuit ? demande-t-il.

– Pourquoi je répondrais à tes questions puisque tu ne me dis rien ?

– Demande-moi ce que tu veux.

– Qui a téléphoné l'autre nuit ? C'est elle ? La fille que tu aimes, à Paris ?

Marco sourit. Une fille ? Il se demande s'il la reconnaîtrait. Elle peut avoir vieilli, énormément. Il répond oui :

– C'est elle. Elle voulait que je vienne assister à un mariage. Il paraît qu'une cousine que je ne connais pas épouse un type qui a de l'avenir.

– Tu ne l'as pas vue depuis combien de temps ?

– Plus de dix ans. J'allais avoir quinze ans.

– Et tu n'as pas envie de la revoir ?

– Si.

– Alors, tu es idiot, c'est l'occasion où jamais de la revoir sans en avoir l'air. Tu n'y vas pas pour elle, tu y vas pour le mariage, ça ne t'engage à rien.

– C'est que quand tu te mets à parler, tu es un peu trop intelligent pour ton âge.

– À force d'observer, je comprends, c'est tout. Plus tu parles, moins tu apprends. Oui, il la battait la nuit. Il rentrait tard, bourré, et il frappait.

– Toi aussi, il te frappait ?

– Un peu, quand elle était pas là. Sinon, elle se mettait entre nous, elle prenait les coups à ma place.

– Ce n'était pas possible de le quitter ?

– Pour aller où ? On n'avait rien. Il disait qu'on mourrait de faim sans lui. Par moments, il était gentil, il m'offrait des cadeaux. Pour me remercier.

– Te remercier ?

Gianni ne répond pas. Marco sait que, pour ce soir, il n'en apprendra pas davantage. Il pense avoir compris depuis le début. Il espère vaguement se tromper. Sans illusions.

– Tu penses que je devrais y aller alors ?

– Oui, c'est quand ce mariage ?

– En juillet. De toute façon, je ne peux pas vous laisser seuls.

– Tu plaisantes. Rocco et Sandrina peuvent s'occuper de nous. Et puis en juillet, il y a les colonies pour ceux qui veulent, et on ne reçoit pas de transit. C'est une fausse excuse. En fait, en juillet, il n'y a que moi vraiment qui reste là.

– Justement. Je ne te laisserai pas seul.

– Alors, emmène-moi.

– À Paris ?

– C'est pas là qu'il se passe ton mariage ?

– Si.

– Eh bien alors ? C'est trop cher ?

Pas idiote l'idée de partir à Paris avec Gianni. Il aura moins peur de se retrouver seul avec elle. Et au moins, elle aura un aperçu de sa vie. Quinze gamins comme celui-là, si tu crois que j'ai le temps de faire des visites ! Il répond qu'il va y réfléchir. Pourquoi pas ?

– Tu ne m'as pas dit pourquoi tu l'avais quittée, il y a dix ans.

– Toi aussi, il y a des choses que tu ne m'as pas dites. C'est pas grave. On a le temps. Si on part ensemble à Paris, il faut bien qu'on se garde un peu de conversation pour le train.

Héritage (conclusion)

Madrid, printemps 2005

Rien n'a changé, mais tout est changé et c'est bien là le problème. Madrid inaltérable, et sa jeunesse perdue. Elle redoute plus que tout de reprendre contact avec ses anciennes amies de lycée, toutes mariées, toutes mères. Elle sait gré à Micki de n'avoir fait aucune réflexion amère en apprenant sa venue. Il lui aurait été si facile (et si légitime) de se plaindre, de soupirer ces phrases toutes faites : « Ah, heureusement qu'il y a l'héritage pour qu'enfin tu me rendes visite », « Eh bien, c'est maintenant que tu te souviens de moi ? » Non, rien de tel, seulement cette phrase joyeuse au téléphone : « Il fait un temps superbe, les arbres sont en fleurs, reste un peu pour en profiter. »

Vincent a annoncé qu'il partirait le lundi matin, la signature de la promesse de vente ayant lieu l'après-midi, et qu'il repartirait dans la soirée. Il n'a pas le temps de s'attarder. Pour éviter de voyager avec lui dans un sens comme dans l'autre, et de constater une fois de plus à quel point elle n'a rien à lui dire, elle réserve sa place d'aller dans le train de nuit, le samedi soir (Le patron du Kalhua a donné son accord pour qu'elle s'en aille plus tôt et enchaîne sur deux soirs de vacances) et son retour dans celui du mercredi au jeudi.

L'appartement, qui lui semblait austère dans son enfance, lui paraît beaucoup moins sinistre qu'avant. C'est peut-être lié aux étudiantes étrangères qui se succèdent d'année en année dans la chambre d'amis. Celle de Santa n'a jamais été louée, elle est restée en l'état. Le papier rose qu'elle avait fini par haïr, les posters à moitié déchirés qu'elle arrachait dans les magazines de stars, ses affaires de classe, ses vêtements intacts dans les placards. Comment dormir dans un sanctuaire pareil ? Elle voudrait fuir à l'instant. Elle jette son sac sur le lit et ressort aussitôt. La déprime est train de fondre sur elle.

Sa mère a moins vieilli qu'elle ne l'aurait imaginé. Finalement, elle s'est maintenue en forme depuis la mort de Pablo. Le veuvage ne lui va pas si mal. Elle a préparé du café et des tartines.

– On est toujours fatigué après une nuit dans le train. Un petit déjeuner te fera du bien.

Elle pourrait être partie la semaine précédente. Tout semble si naturel, si réel. Jusqu'aux marques creusées au couteau sur la table de la cuisine, lorsqu'elle négligeait les planches pour couper les légumes ou le chorizo. Elle avait raison, ô combien, de ne pas vouloir revenir. Reprendre le fil d'un temps interrompu. Le lieu n'a pas changé mais ce n'est plus elle. La Santa qui vivait ici jadis n'existe plus.

– Nous ne sommes pas obligées de vendre, dit Santa, si tu ne le souhaites pas.

– Je n'y vais jamais. Tout tombe en ruine. Il faudrait une fortune pour remettre la maison d'aplomb. Tout est à refaire : la toiture, l'électricité, la plomberie. Je ne peux pas croire que Vincent paye une somme pareille pour un lieu en si mauvais état.

– Moi non plus. Il est trop fier pour discuter. Il a accepté mon prix tout de suite. J'avais dit ça au hasard.

– C'est que tu deviendrais une femme d'affaires.

– N'exagérons rien. J'ai un peu honte. Enfin pas trop. Il a dû arnaquer tellement de gens lui aussi.

– C'est son problème. Moi, cet arrangement me convient. Pablo souhaitait que le château reste dans la famille. C'est le cas. Sa mémoire est sauve. Pour le reste, ça ne nous regarde pas. Tu t'es bien débrouillée. Il paraît qu'il marie sa fille aînée...

– Oui, Eugénie. Une réception au pavillon Dauphine, en juillet. Je suis invitée, à moins que Vincent ne décide de jeter un œil sur la maison avant, auquel cas, il risque de me maudire.

La mère a un haussement de sourcils éloquent. Santa soupire :

– Je sais. Il me maudit depuis que je suis née. Au moins, maintenant, il saura pourquoi !

– Pas sûr. Ça reste un très beau bâtiment. Bien restaurée, la propriété aura une valeur inestimable. Il ne fait pas une si mauvaise affaire. De toute façon, nous n'en aurions pas eu les moyens. Tu n'as pas de regrets à avoir.

– Je suis contente que tu n'en aies pas non plus.

– C'était la meilleure solution, conclut la mère.

Santa est soulagée de la tournure de la conversation. Elle n'aurait pas supporté les reproches. Tant d'absence, si peu de réussite. Elle aurait mérité un accueil plus froid.

154

– Tu es toujours bien à Paris ?

– Pas mal. Ça dépend.

– Tu ne veux pas rentrer à Madrid ?

Ah, non ! Pourquoi gâcher cette journée qui s'annonçait bien ! Si sa mère lui fait valoir qu'il y a des bars qui cherchent des serveuses, elle va dormir à l'hôtel. Elle reste calme pour l'instant :

– Je n'y tiens pas. J'ai des habitudes, des amis.

– Bon, je comprends.

C'est ce qu'elle dit, mais on la sent dépitée. Que peut-elle comprendre ? Santa n'a pas vraiment d'amis en dehors de Colette qui la devance de presque cinquante ans, et de Juan avec lequel elle fraternise principalement parce qu'ils ont le même taulier. Elle s'entend bien avec Basile, mais elle ne peut jamais vraiment oublier de qui il est le fils. En fait, son intégration sociale, sans un être un ratage complet, n'est pas une grande réussite. Ne pas s'étendre sur le sujet.

La mère la dépose devant chez le notaire, sans descendre de voiture. Elle prendra le bus pour rentrer. Santa se sent affaiblie par l'émotion, presque défaillante et, pourtant, sans tristesse, comme si ce moment était l'accomplissement logique de sa vie : se débarrasser enfin de son héritage.

Rupture (conclusion)

Paris, juin 2005

Ils sont venus ensemble. Basile et Aurèle. Lui claquent une bise. S'installent au comptoir, sous ses yeux. Charlie, le boss, marmonne. C'est pas une maison de famille ici. Elle sourit.

– Alors le bac ?

– Passé. J'espère échapper au repêchage.

Aurèle secoue sa tignasse noire aux reflets violets. Santa demande :

– Et maintenant, tu vas faire quoi comme études ?

– Rien. Du handball. Eh Santa, tu me sers une *caïpirhina* ?

– Deux, dit Basile.

Santa n'a plus besoin de vérifier où elle met ses mains. Elle connaît ce comptoir par cœur. Écœurement, même. Composer et servir des centaines de cocktails chaque semaine.

– Qu'est-ce que tu crois ? Que ton avenir va s'occuper de lui-même, sans que tu fasses rien. Tu as vu ce qu'on devient sans études. Ça te plairait de passer ta vie à servir dans un bar ?

Aurèle est surprise du ton de voix. Déçue. Elle n'est

pas venue pour subir des leçons de morale. Elle a ce qu'il faut à la maison. Vient de fêter ses dix-huit ans. A bien le droit de s'amuser. Non ?

– Moi aussi, je croyais qu'on retombait sur ses pattes. Qu'il suffisait de rêver pour réaliser, tu parles. C'était bien le théâtre aussi, pas pire que le handball. Et tu sais quoi ? Finalement, ce sont les gens comme ton père qui s'en sortent. Parce qu'ils ont de l'ambition. Ils ne s'embarrassent pas d'utopie. Le principe de réalité, ils connaissent. Ils savent s'adapter, retourner les situations à leur avantage. Tu as tout pour toi, Aurèle. Ne le gâche pas.

– C'est ça. Si tu continues, on se casse. Si c'est pour que je devienne comme ma sœur, laisse tomber. T'es aussi chiante que ton frère.

Santa rit. Une demi-tante, ça n'existe pas. Pour ses neveux, il n'y a pas de différence. Elle se demande ce qu'il lui prend tout à coup. Parler comme une vieille. Mais c'est ce qu'elle est pour eux.

– Au fond, ça devrait m'être égal. Si tu choisis le sport, on te soutiendra. Seulement, j'ai appris une chose, c'est que le regret n'est pas juste un concept. Tu trouves ça cool d'avoir une tante qui vit comme une étudiante. C'est pitoyable. J'ai gâché ma vie. Si tu m'étais indifférente, je ne te dirais rien. Et puis rassure-toi, tu n'as aucune chance de devenir comme ta sœur. Pour ça, tu as déjà raté l'embranchement. Heureusement.

– Trois demis pression, un planteur, deux *piña colada*, une vodka tonic, crie Juan à Santa.

– Tu retiens tout ? demande Aurèle.

– J'ai l'habitude.

– Tu ne bois pas ?

– Rarement. Ce serait trop facile. Je ne saurais pas quand arrêter. Je ne pourrais plus travailler.

– Et ton neveu, l'autre, demande Basile, tu as des nouvelles ?

– Oui.

– Il vient au mariage ?

– Je pense. Tu ne l'as jamais vu ?

– Je ne crois pas. Il a mon âge, non ?

– Un peu plus. Il doit arriver la semaine prochaine, il emmène un des enfants dont il s'occupe. Un cas difficile.

– Tant mieux, dit Aurèle, ça va mettre de l'animation dans le mariage.

– Il n'a pas dit qu'il s'agissait d'un loubard.

– Dommage.

Dire qu'à leur âge, sa façon à elle de se révolter a été d'entrer au couvent. Elle ne comprend même plus comment une chose pareille a été possible. Troquer un piège contre un autre. Il aurait été tellement plus sain de vouloir échapper à sa famille, plutôt que de chercher à la reconstruire à tout prix. Tout ce temps perdu.

– Et l'Espagnol, tu y penses toujours ?

– Presque plus. C'est le côté effrayant de l'amour. On veut qu'il dure toute la vie. Et pourtant, lorsqu'il disparaît, on finit par guérir, comme s'il n'avait pas existé, ou alors de loin. Dire qu'on veut mourir pour une souffrance qui s'efface si bien !

– Ça dépend, dit Basile. J'en connais qui ne s'en remettent pas. Ou alors seulement parce qu'ils retombent amoureux. Tu es amoureuse ?

– Je ne sais pas.

– C'est qui ? demandent ensemble Basile et Aurèle.

– Personne, pour l'instant. Un souvenir. Je traverse une période où j'aspire à retourner en arrière pour recommencer différemment. C'est stupide. Ça va me mener à pas grand-chose.

– C'est d'avoir vendu ta maison, peut-être, suggère Aurèle.

– C'est un ensemble d'événements qui me tirent vers l'arrière. La vente de la maison n'en est qu'une partie. On essaie d'enterrer les souvenirs. On parvient à ne pas y penser pendant des années. Et puis, à la faveur d'un indice, un bouleversement, un choc, même minime, on se fait rattraper. Si Rafael n'était pas rentré en Espagne, j'aurais été imperméable aux signes qui ont surgi ces derniers mois.

– Lesquels ? demande Aurèle.

– Toi, le mariage de ta sœur, le retour de Marcantonio, le souvenir de mon père, la lassitude de cette vie cantonnée derrière un bar, la vente de la maison, ma mère. Tout ça. Il a suffi d'une rupture, et tout s'est enchaîné. Alors, j'ai vu clairement mes erreurs, mes mauvais choix, mes lâchetés.

Elle se dit qu'elle est déjà à la moitié de sa vie. Si la première est gâchée, sa vie entière est-elle perdue ?

– Tu devrais prendre des vacances, conclut Basile. J'ai l'impression que tu commences une dépression.

– Non, ou alors il faut considérer la lucidité comme une dépression.

Elle et lui (virtuel)

Il a répété ses recommandations quinze fois, à Rocco, à Sandrina, à la femme de ménage, aux garçons. Il a alerté les services sociaux (ils ne peuvent pas l'empêcher de prendre des vacances, ce sont ses premiers jours depuis deux ans) qui ont promis d'être vigilants, d'envoyer quelqu'un sur place si l'un des garçons les sollicite. Pour un peu, Marco oublierait qu'il y a deux ans chacun d'entre eux se débrouillait seul, sans toit, sans nourriture, sans adulte, avec seulement sa rage pour s'en sortir. Alors, ce n'est pas une semaine sans Marco qui les effraie.

Sandrina le regarde s'éloigner. Son héros. Elle sera heureuse avec Rocco. Elle sait qu'elle a de la chance, que la vie ne l'a pas habituée à en demander davantage. Lui, il restera dans un coin de sa tête comme celui qui lui a donné l'envie d'être différente. Et ça a marché. Elle est devenue une autre. Rocco est jaloux. Pas question que sa fiancée fasse le trottoir. Elle n'a qu'à trouver un travail décent. Si elle croit que c'est facile de gagner honnêtement son pain ! Faut se donner du mal dans la vie, ma fille ! Elle a mis des petites annonces chez les commerçants pour trouver des vieux qui auraient envie qu'on leur fasse la lecture

(ou des courses, ou un peu de ménage, mais pas trop).
Elle a deux clientes. Ça ne lui rapporte pas beaucoup
d'argent mais elle vient de larguer sa chambre d'hôtel
et profite du départ de Marco pour s'installer à La
Felicità. On verra quand il rentrera. Dans deux mois,
Rocco sera majeur. Il devra partir. Elle le suivra.
N'oubliera jamais Marco.

Gianni a rassemblé toutes ses affaires dans un petit
sac. C'est son premier voyage.

– Fils à papa, persifle Angelo.

Gianni hausse les épaules. Ce n'est pas une insulte,
au contraire.

Ils vont passer la nuit assis. Marco n'avait pas
l'argent pour des couchettes. De toute façon, Gianni
n'y connaît rien. C'est la première fois qu'il prend le
train. Ils ont préparé des sandwichs, des fruits et une
bouteille d'eau, des biscuits pour le petit déjeuner
demain matin. Quinze heures.

– Tu vas dormir, assure Marco.

– Tu plaisantes ? Je t'ai dit déjà. Je ne dors presque
jamais.

Marcantonio tente de se représenter l'appartement
tel qu'il était il y a dix ans. Sans le chat. Elle en plus
âgée. Elle ressemble peut-être à sa mère, les cheveux
tirés, un beau visage, un peu fané. Un port de tête
élégant. Des jolis vêtements, amples. Et ensuite,
comment lui dire ? Car il n'y coupera pas. S'y obligera
quoi qu'il arrive. Ne fuira pas une deuxième fois.
C'est le bon moment, pense-t-il. Il n'est plus un
enfant. Si elle n'a pas encore construit sa vie, c'est un
signe.

Gianni est à peine assis qu'il demande :

– Tu me racontes alors, pour ton père ?

161

– J'ai eu un père qui s'appelait Gianluca. Sa mère était italienne. Son père espagnol.

Marco se souvient avec une étonnante exactitude de Gianluca. Certains visages se sont effacés de sa mémoire. Il ne parvient à les recomposer qu'en rassemblant les pièces dont il se souvient : un regard, un sourire, un nez, des cheveux. Bizarrement, Gianluca est resté intact. En se concentrant, il peut entendre sa voix, retrouver ses expressions. Il n'avait jamais réalisé à quel point il aimait Gianluca avant qu'on le retrouve mort dans sa chambre. Il avait alors pensé à tous les moments dont il aurait dû profiter davantage. Cette peine qui s'abattait sur lui, il savait qu'elle ne le quitterait plus jamais vraiment. Vivre avec. S'il n'avait pas été aussi amoureux de Santa, il n'aurait pas eu cette énergie pour tout recommencer.

Gianluca était plus jeune que les autres pères qu'il connaissait, il n'avait pas les cheveux courts ou gris ou rares, ni des marques sur le front, ni la voix prompte à s'élever pour asséner des vérités. Il n'imposait sa loi à aucune femme, aucune famille. Il était un peu comme un grand frère. C'était son meilleur ami. Ils avaient pour ainsi dire grandi ensemble. Santa qui débarquait dans leur vie, c'était inespéré. Comme un double que son père lui offrait. Ils avaient passé Noël à Venise, ensemble. C'était bien. Et puis leur vie avait repris, l'un à l'hôtel, l'autre en pension. Il se souvient qu'avec l'arrivée du printemps, Gianluca était devenu nerveux. Il craignait Dieu sait quel virus, quelle maladie et avait soumis son fils à des examens médicaux, auscultation, prise de sang. « C'est toi qui es malade », avait dit Marco. « Possible », avait répondu Gianluca. Et puis, il était redevenu normal, peut-être un peu plus inquiet, était-ce une illusion ? Pendant les vacances de Pâques, Marco avait demandé si Santa ne pourrait pas les rejoindre.

– Plus tard, avait dit Gianluca, lorsque je serai propre.

– Propre ?

– Ils ont demandé, les aînés de mon père, une expertise pour s'assurer que je suis bien le fils de mon père.

– C'est dégueulasse.

– Non, c'est de bonne guerre. Ils ne veulent pas lâcher leur fric.

– Et elle ?

– Non, pas elle. Les deux que je n'ai vus qu'une fois. Je m'en fiche. Ils ne sont rien pour moi.

– Tu vas accepter ?

– Oui. J'ai hésité, mais je vais le faire. C'est le meilleur moyen pour en finir.

– En finir ?

– Je suis sûr que Pablo était mon père. Je ne voulais pas les ennuyer, mais ils le méritent. C'est pour elle aussi, je ne voudrais pas qu'elle doute.

– Moi non plus.

Ils n'en avaient plus parlé. Pour Marco, l'affaire était réglée. Et pourtant, fin mai, on retrouvait Gianluca mort dans sa chambre. Un mot à la hâte. « Je t'aime, Marco. »

Il se souvient de cet été avec elle, comme dans un rêve. Lui, l'homme-enfant. Il l'aimait parce qu'elle ressemblait tellement à Gianluca, et aussi pour d'autres raisons impossibles à expliquer. Surtout ne pas l'effrayer. La laisser jouer le rôle protecteur. Un jour, il sera temps. Elle était jeune, drôle. Elle avait des amants avec des épaules d'homme. Il n'était pas assez fou pour se mesurer à eux. Se contenter d'être son neveu, en attendant.

À la fin de l'été, ses grands-parents lui avaient demandé de venir trier les affaires de Gianluca. Il se sentait fort. Il le ferait. C'était tristesse de constater que son père n'avait amassé sa vie durant que deux malles d'affaires personnelles. Aucun objet, juste un vieil album photo de sa mère et un petit tableau représentant la Vierge et l'Enfant. Quelques lettres. Celle du notaire annonçant le décès de Pablo. Le testament. La convocation à Paris. La lettre de l'avocate des Albarán, signée de Vincent et Béatrice. Et puis des papiers médicaux, et cette phrase : « Au vu des résultats des deux expertises génétiques, nous pouvons affirmer que les sujets ne peuvent en aucun cas être apparentés. » Mal. Il s'était senti mal. Gianluca aurait été trompé par Pablo ? Il avait repris les fiches depuis le début. Il était si faible que les papiers lui tombaient des mains. Non, il ne s'agissait pas de Pablo, mais de lui Marcantonio, et de Gianluca. Leurs deux analyses discordaient. Elle était là, la vérité. Il n'était pas le fils de Gianluca. Alors, il lui revint l'image des angoisses de l'hiver, cette maladie qu'il fallait dépister. C'était donc cela. Après avoir reçu la mise en demeure de la famille Albarán, Gianluca avait eu un doute sur son propre fils et en avait profité. Les résultats dataient du 24 mai. Gianluca s'était probablement tué après les avoir reçus.

– Tu vois Gianni, moi non plus, je ne sais pas qui était mon père. Sans doute un crétin qui a abandonné ma mère. Et elle a été bien contente de trouver un pauvre type pour lui faire endosser la paternité.

– Au moins, tu as eu un bon beau-père.

– Et toi une bonne mère.

– D'accord. Un partout. Ça n'explique pas pourquoi tu n'es pas retourné à Paris.

– Je ne pouvais pas. Elle m'aimait parce que j'étais le fils de son frère. Mais là, je n'étais plus rien. Un étranger. Le fils d'un inconnu et d'une inconsciente partie au bout du monde refaire sa vie. En m'abandonnant à un homme dont elle savait parfaitement qu'il n'était pas mon père. J'étais dégoûté de cette famille. Les grands-parents, je ne voulais plus les voir. Ils devaient savoir, eux, depuis le début que Gianluca n'était qu'un pigeon. C'est pour ça qu'ils me demandaient sans arrêt quand j'allais venir vivre avec eux. Ils ont dû crever d'envie de dire la vérité pour me récupérer, mais ils auraient sali leur fille, alors ils m'ont laissé partir avec Gianluca. Heureusement. Lui, je suis content de l'avoir connu. C'était le meilleur homme qu'on puisse imaginer. S'il m'avait laissé un peu de temps pour réagir, je l'aurais consolé. Ce n'était pas si grave qu'on ne soit pas apparentés.

– Mais elle ?

– Je n'avais pas le courage de jouer la comédie. Jouer le gentil neveu. Lui avouer ? Je n'étais plus de sa famille. Elle n'avait pas à s'occuper de moi. Et j'étais trop jeune pour qu'elle tombe amoureuse de moi. En fait, je n'avais plus le courage de rien. Au moins, la pension, c'était commode. Toutes les habitudes étaient prises.

– C'est bête. Tu ne peux pas savoir ce qu'elle aurait dit. Tu lui as écrit ?

– Jamais.

– Qu'est-ce qu'elle a dû penser ? Que tu ne l'aimais plus ?

– Je ne sais pas. Je préfère ne pas imaginer. En retournant en pension, je pensais que j'attendrais un peu, le temps de grandir et que je retournerais la voir. Mais avec les années, j'ai eu de plus en plus peur. Qu'elle m'en veuille. Qu'elle m'ait oublié.

– C'est idiot, ton histoire. Comme tu t'es rendu malheureux pour rien !

– Peut-être pas pour rien, on ne peut pas savoir. Si elle m'avait rejeté, ça aurait été pire. Là, au moins, j'avais le bénéfice du doute.

– C'est quoi ?

– Je pouvais penser ce qui m'arrangeait. Qu'elle m'aurait aimé quand même. Qu'on aurait été heureux. De belles choses qui m'ont aidé à vivre. Non, ma faute, c'est de ne pas l'avoir rappelée plus tôt. Et encore, je crois que si vous ne m'aviez pas fait boire, le soir de mon anniversaire, je n'aurais pas osé.

– Là, tu vas lui parler ?

– Oui. Si elle ne veut plus me voir, ce ne sera pas pour de mauvaises raisons.

– Tu as peur ?

– Oui.

– Moi aussi.

Et c'est vrai. Gianni commence à ressentir des émotions humaines, l'excitation, la joie, la crainte, qui le chatouillent de façon inconfortable. Et si recommencer à vivre voulait dire souffrir, renoncerait-il ? Il annonce :

– Moi, tu sais, je n'ai pas grand-chose à ajouter sur ma vie. Comme t'as dit, c'était dégueulasse.

– Je me doute.

Marco ouvre sa main sur l'accoudoir en espérant que Gianni y dépose la sienne. Rien à faire. L'enfant a déjà détourné la tête. C'est lui qui a raison, pense Marco. En racontant son histoire, il prend conscience de l'absurdité de sa réaction. Dix ans sans nouvelles. Et elle ? Pourquoi n'a-t-elle pas demandé d'explication ? Pourquoi n'est-elle pas venue le voir, là-bas, en Vénétie ? Elle connaissait le chemin. C'est quoi un amour qui se contente de rien ?

Elle et lui (6)

Paris, juillet 2005

Inchangée. Il l'a tant vieillie dans sa tête pour anticiper la déception, et voici qu'il est pris à son piège. La même. Exactement.

Métamorphosé. Elle tente de retrouver sous le masque du jeune homme les traits de l'enfant. Impossible. C'est lui qui, à présent, la domine physiquement. Il a les joues creuses, l'ombre de la barbe, le front traversé par deux rides horizontales. Elle cherche en vain quelque chose dans ce visage d'homme qui lui rappellerait Gianluca. Elle s'en veut d'avoir imaginé pouvoir effacer les années d'absence. Il ne reste rien du Petit Prince d'antan. Elle est face à un homme qui pourrait être n'importe qui, comme elle en croise au Kalhua chaque soir. Un beau mec, certes, mais un étranger.

Intimidés, ils ne s'embrassent pas. Elle s'écarte pour le faire entrer dans la pièce, baisse les yeux vers l'enfant, minuscule pour ses dix ans. Le voilà, le nouveau Petit Prince. Il n'a pas de boucles ni les yeux bleus, mais ce visage blond et lisse qui était celui de Marcantonio.

L'appartement n'a pas bougé. Il le remarque avec étonnement, glisse un mot sur elle et ces lieux qui sont demeurés en l'état.

Elle réalise à quel point tout s'est figé pour elle. Elle se sent fossilisée.

– C'est curieux de penser que durant toutes ces années, tu es restée la même. Si j'avais su... Et moi qui me suis sauvé sans te dire au revoir alors que les deux mois que nous avons passés ensemble sont mes meilleurs souvenirs. Tu pourras me le pardonner ?

Pardonner ? pense-t-elle. Et toi, comment pardonneras-tu ce que j'ai fait ? Gianni, qui les observe depuis le tabouret du bar sur lequel il s'est assis, évalue les chances de Marco. Elle ne le regarde pas amoureusement, non, avec curiosité. Insuffisant. Gianni la trouve jolie, mais elle ne représente rien pour lui.

– Il faut que je te dise, depuis des années, j'aurais dû te le dire... Si j'attends, je ne pourrai plus te parler. Alors voilà, je ne suis pas ton neveu. Maintenant, si tu souhaites que je m'en aille, je peux, je m'y attends.

Gianni sursaute. Ah non, il n'a aucune envie de refaire quinze heures de train maintenant. Elle regarde Marco avec étonnement :

– Tu n'es pas Marcantonio ?

– J'ai tant changé pour que tu en doutes à ce point ? Si, je suis le même Marcantonio que tu as recueilli comme un chaton abandonné. Mais je ne suis pas le fils de Gianluca. C'est ce que j'ai découvert en fouillant ses affaires, l'été où je suis rentré à Vence. La demande d'analyse génétique de Vincent et Béatrice lui a donné l'idée de vérifier mon identité. C'est ça la vérité. Ma mère l'a berné. Il s'est suicidé le jour où il

169

a reçu les résultats. Je suis désolé d'avoir fui comme un voleur. C'était un choc trop grand.

– Tu te trompes, Marco. Gianluca s'est tué parce qu'il s'est senti trahi par nous, par sa famille qui lui niait sa filiation.

– Il s'en fichait. Il connaissait à peine Vincent et Béatrice. Il m'a même dit : « C'est de bonne guerre. » Il était certain d'être le fils de Pablo. Tu étais la seule pour laquelle il avait de l'affection.

– Mais j'ai signé, moi aussi.

– Tu as signé quoi ? demande Marcantonio, avec distraction.

– Ce papier. Vincent insistait tellement. J'étais trop faible. J'ai signé, je suis sûre.

– Tu as lu ce que tu signais ?

– Non.

– Et l'avocate, tu lui as parlé ?

– Elle était désolée pour moi, elle m'a tendu le papier, j'ai signé.

– En tout cas, dans les dossiers de Gianluca, il n'y avait aucun document officiel signé de toi, juste une carte postale.

– Mais je n'ai plus jamais eu de ses nouvelles. Trois mois durant. On devait se voir, aller à Rome tous les trois. Et puis soudain, il se suicide. Et toi, tu disparais.

– Tu veux dire que depuis onze ans, tu vis en te croyant coupable du suicide de ton frère ?

Elle fait oui de la tête comme un automate. Cela lui paraît absurde, brusquement, et prétentieux. Avoir pensé que son frère l'aurait aimée au point de ne pas supporter sa trahison. Évidemment, elle aurait dû le savoir : elle ne pouvait pas être si importante dans sa vie. Qui d'autre que Marco comptait pour Gianluca ?

Personne vraiment. Elle avait été une sympathique compagne d'un temps. Sans plus. Les trois derniers mois, ce n'était pas par ressentiment qu'il s'était tu, mais par négligence. Par oubli. En rire. C'était une évidence. Elle a fichu sa vie en l'air sur une méprise. Celle d'avoir été aimée par au moins un de ses frères. Que Marco soit ou non son neveu ne change rien. Elle n'a pas besoin de neveu. Elle a déjà Basile, et maintenant Aurèle.

– Je suis désolé, dit Marco. C'est de ma faute. Si j'étais revenu, tu n'aurais pas eu à supporter tout ça.

– De toute façon, j'avais signé. C'est cette faute-là que j'ai payée.

Elle devrait être soulagée d'un poids. Elle ne ressent que le vide. L'inutilité d'une vie construite autour d'une erreur. Ses yeux n'expriment rien. Son visage est fermé.

– Je suis désolé, répète Marcantonio.

– Tu n'y es pour rien, dit-elle en lui prenant la main, mais sans passion, juste avec la lassitude de quelqu'un qui aurait fait son temps. C'était la punition de ma lâcheté, de toute façon.

– Et moi ? demande Marcantonio, c'est pour soulager ta conscience que tu m'as ouvert ta porte cet été-là ?

Elle redescend sur terre. Elle lit dans ces yeux qui attendent sa réponse une telle attente, un tel besoin de se raccrocher à une enfance, à une famille, un besoin qu'elle connaît tellement et qui vient de mourir en elle pour de bon. Elle ne sait plus au fond pourquoi elle aimait cet enfant. En souvenir de son frère ? Parce qu'il était son neveu, sa seule famille ? Elle n'aurait pas adopté un adolescent comme ça, par goût. Le lui dire ?

– Non, même si je n'avais rien eu à me reprocher, je t'aurais accueilli.

Et c'est vrai. Ce qu'elle ne dit pas, c'est que sa qualité première était d'être le fils de Gianluca. Sans cela, elle ne l'aurait même pas regardé.

– Et si j'étais revenu te dire que je n'étais rien pour toi ? Tu m'aurais gardé ?

Elle ne sait pas. C'est trop lointain. Faut-il mentir ?

– Nous étions bien ensemble, non ? répond-elle.

Il devra s'en contenter. Il la sent lointaine, soudain. Différente. Gianluca vient de mourir tout à fait. Sans descendance. Sans qu'elle y soit pour rien. Qu'une gentille demi-sœur qui l'a distrait quelques jours vers la fin de sa vie. Se reconstruire avec ça.

– J'ai deux lits doubles. Ça n'a pas changé. Le canapé du bas, le lit du haut.

– De toute façon, je ne dors presque pas, intervient Gianni.

– Ça tombe bien, dit Santa. Tu prendras mon lit jusqu'à trois heures du matin et ensuite, tu me le laisseras, ça te va ?

– Ça me va.

– Tâche de dormir avant trois heures.

– J'essaierai.

Expérience familiale (Conclusion)

L'avantage du travail, c'est qu'il évite de penser. Ce n'est pas la première fois qu'elle se le dit. Charlie inaugure des néons vert anis qui donnent un teint de malade aux consommateurs du comptoir. Vers dix heures, deux petites vieilles entrent au Kalhua et s'installent à une table près du bar. Colette et Madeleine.

– Charlie, tu me remplaces cinq minutes. Ma grand-mère vient d'arriver.

– Ta grand-mère ? Ton neveu, ta nièce, ton frère, et maintenant ta grand-mère ! il y en a combien encore dans ta famille ?

– Plein, tu ne peux pas imaginer. Colette !

– Ma chérie. Si tu pouvais nous obtenir deux grand-marnier, tu serais un amour.

– Tout de suite.

– Ce sont des vieilles qui consomment, glisse-t-elle à l'oreille de Charlie.

– Il manquerait plus que ça.

– Qu'est-ce que vous faites là ? leur demande Santa.

– Envie de sortir. Alors au hasard, on a choisi ici.

– Bonne idée. Je voulais vous parler. Ça vous dirait d'étudier Godot ?

– Pourquoi ?

– J'ai un enfant sous la main. Pour l'instant, il ne parle pas français. Mais pour deux répliques, je vais le former. Et puis, pendant les vacances, on est si peu nombreux.

– Je suis pour Beckett, moi, dit Colette.

– Va pour Beckett, répète Madeleine.

– Tu as l'air en forme, remarque Colette.

– Il n'y a pas de quoi, dit Santa.

– Ton Espagnol ? demande Colette.

– Sans nouvelles, dit Santa. Il a dû me remplacer.

– Bah, laisse les singes grimper à l'arbre, dit Colette, ils tomberont de la branche tout seuls.

– Et s'ils ne tombent pas ? demande Santa.

– C'est que l'arbre n'était pas pour toi.

– Je m'en souviendrai.

– Tu as l'air en forme Santa, remarque Charlie.

– Puisque tout le monde le dit.

Reprendre le cours de la vie à présent, là où le départ de Marco l'avait interrompue. Se réhabituer au sang qui circule, au mouvement qui repart.

Trois heures vingt, elle monte sur la mezzanine. Le petit prince dort à poings fermés. Insomniaque, tu parles ! Elle contemple le visage apaisé. *C'est tranquille, un enfant.*

Elle s'allonge à côté de lui, éteint la lumière et s'endort.

Sept heures, Gianni ouvre les yeux, lourd d'avoir tant dormi. Elle gît là, près de lui. Mouvement de recul. Écœurante proximité. Se raisonner. Ne pas la réveiller. Il se tient immobile, écoutant le cœur qui bat si près. Il n'a pas peur. Les minutes passent qui l'enorgueillissent d'avoir su triompher de sa terrible nature. Il fait signe à Marco, lorsque celui-ci passe la tête en haut de l'échelle, de demeurer silencieux. Voilà, c'est arrivé. Il reste allongé près d'elle, presque contre elle. Il n'a pas déchu, puisqu'elle ne sait rien de lui. Elle ne peut soupçonner sa victoire.

Neuf heures, Marco s'agite.

– Ce mariage est absurde pour moi, cette fille que je ne connais pas et qui n'est même pas ma cousine, pourquoi voudrais-tu que je partage avec elle le plus grand jour de sa vie ?

– Parce que tu es prévu sur le plan de table et qu'un plan de table, chez les Albarand, c'est sacré. Tu ne peux pas faire un trou dans la soirée d'Eugénie, ce serait de mauvais goût. Et n'oublie pas de regarder Vincent. Pense à la façon dont il va s'étrangler quand il saura que tu n'es pas le fils de Gianluca. Lui qui a financé ta pension par pure pingrerie, espérant qu'ainsi il en serait quitte avec ton héritage. C'est là que Gianluca a manqué d'à-propos. Il aurait dû attendre que lui soit versée sa part. Il te l'aurait transmise sans que personne ne conteste ta légitimité. Tu serais moins fauché aujourd'hui.

– Ça m'est égal.

– Bien sûr que non. Si tu avais de l'argent, votre vie serait plus facile, là-bas, avec tous tes garçons.

– Tu veux connaître la vérité ?

– Oui.

– Parfois, je suis fatigué de m'occuper de tous ces mômes. Ceux que je connais depuis deux ans, j'y suis attaché. Mais chaque mois, on m'en donne de nouveaux à garder provisoirement, tous plus écorchés les uns que les autres, et je n'en peux plus des problèmes du monde.

– Abandonne.

– Non, j'aime ce que je fais, mais dans une mesure raisonnable. Je voudrais souffler.

– Redis ça. Tu avais exactement ton expression d'enfant. C'est ça l'abomination, la vie qui passe et vole les enfants. Le Marcantonio que j'ai connu n'existe plus. Et Gianni, dans peu de temps, il aura disparu. Tout ça pour quoi ? Pour se transformer en adulte.

– Tu regrettes ?

– Évidemment. Pense que dans dix ans (c'est court dix ans), tous tes enfants auront été changés en adultes. Ça ne te donne pas le vertige ?

– Peut-être. C'est long dix ans.

– À partir de maintenant, non.

Jour M.

Le secrétaire d'État a commandé (et obtenu) pour sa fête une météo exceptionnelle. Les enfants pourront batifoler au bois de Boulogne. L'église est remplie de gens raffinés.

– Tu vois Gianni, la pièce montée qui avance dans l'allée, c'est elle, ma nièce Eugénie. Et le monsieur aux cheveux gris à qui elle donne le bras, c'est mon demi-frère et celui de Gianluca.

– Ça te gêne que Marco ne soit pas de ta famille ?

– Si, un peu, mais ne le lui dis pas. Je ne voudrais pas lui faire de peine.

– Donc, tu le détestes pas, conclut Gianni.

– Détester ? Quelle idée ! Je l'aime beaucoup, mais tu comprends la bizarrerie de la situation. C'est un jeune homme que je connais à peine et qui vient s'installer chez moi.

– C'est pas n'importe quel jeune homme.

– Non, tu dois avoir raison.

Santa a pris la main de Gianni qui se laisse faire. Elle s'endort pendant l'homélie, il n'ose pas retirer sa main.

Elle et lui (7)

Paris, juillet 2005

Il dit c'est fini.

Finie l'errance. La vie qui hoquette et n'avance pas. L'inertie, l'ossification. Le flou, le mal-fichu. La mort présente dans chaque instant. Il y a tant de choses à faire.

– Accompagne-moi à Rome. J'ai besoin d'aide, avec les enfants. Je voudrais avancer et je ne sais plus comment. J'ai eu tort de te quitter sans rien dire ? Je ne pouvais pas deviner ce que tu avais dans la tête. Que tu pouvais un instant t'imaginer que je te tenais pour responsable de la mort de Gianluca. Nous n'y sommes pour rien, ni toi ni moi.

– Je supporterais difficilement tes enfants de passage. L'idée de donner tant d'affection et puis, plus de nouvelles.

– Il n'est pas question de ça. Juste de s'occuper de ceux que j'ai déjà, jusqu'à l'âge où ils s'envolent seuls, comme Rocco. Tu verras, c'est passionnant. Leur donner confiance, trouver leur voie, les voir décoller.

– Je parle mal l'italien.

– Tu apprendras.

– J'ai perdu l'habitude de prendre des risques.

– Viens à l'essai. Charlie n'a pas le droit de te refuser une année sabbatique. C'est dans la loi. Tout le monde a le droit de repartir de zéro, de tenter une autre vie, et de se tromper, et de retourner à son existence première. Ce n'est pas un grand risque. Tu m'as tellement manqué.

Il a été son dernier bonheur. Après lui, elle a fait du remplissage. La vie était sa pénitence. Elle en a pris son parti. C'est commode, finalement, de ne rien espérer. Certes, il lui a manqué aussi. Mais leur lien n'est-il pas trop fragile ? Quelques mois qui remontent à des années. Cela suffit-il à les cimenter ? Elle ne veut plus vivre dans les souvenirs.

Pourtant, elle sait qu'elle va accepter. Qu'a-t-elle de mieux à tenter que cet amour banal qu'elle pourrait offrir à ces garçons ? Une dizaine de petits Marcantonio, avides de tendresse. Et lui, l'original, qui la regarde comme si elle n'avait pas failli, comme si elle pouvait encore ressembler à un modèle. Se voir dans ses yeux. Et s'aimer enfin.

Elle et lui (conclusion)

Madrid, le 6 janvier 2006

Bonne année à toi, Santa chérie, à Marcantonio et aux garçons. J'espère que vos travaux avancent comme prévu, que la maison sera prête pour accueillir le bébé. Je suis enchantée que l'argent de San Miguel t'ait permis de l'acheter. Et pour moi, Rome n'est pas plus éloigné que Paris. Au contraire, je n'ai jamais eu très envie de retourner à Paris. À Rome, je me ferai un plaisir de venir vous voir.

Tu m'as beaucoup écrit depuis l'été et je n'ai pas encore pris le temps de t'envoyer plus que ces cartes postales. Je vais me rattraper aujourd'hui. Comme tu le sais déjà, j'ai hérité d'Aurèle à la maison. Ce que tu ignores peut-être ce sont les circonstances de cette installation.

Ça a commencé avec l'épique découverte de San Miguel par la famille Albarand. Il est vrai que ces dernières années, je ne dépêchais plus la femme de ménage pour y retirer les toiles d'araignées. La mère et la fille aînée ont pris des visages horrifiés en apercevant çà et là quelques-uns de nos beaux spécimens d'arachnides. La tapisserie se décolle à peu près partout. La plupart des ampoules n'avaient pas été remplacées depuis la mort de Pablo et la visite s'est faite dans une pénombre angoissante. J'avais l'impression de leur vendre un château hanté en Écosse. Ma chérie, tu n'y es pas allée de main morte avec le prix. Ton frère est resté digne, il a convoqué des entreprises dès le lendemain. Il avait eu dans l'idée d'y passer le mois d'août, mais devant l'ampleur de la tâche, ils ont décidé d'aller quinze jours à Marbella après la signature des devis.

La moindre des choses était de leur laisser l'appartement de Madrid durant leur séjour. Je suis allée m'installer chez les Marquez Fortina. Ton frère et sa femme ont pris ma chambre, l'aînée (qui me semble plutôt gentille quoique insipide) et son mari (tout aussi passe-partout) ont occupé la tienne et j'ai casé la dernière, Aurèle, avec l'étudiante vénézuélienne qui a débarqué début août pour une année. Entre nous, je trouve chaque jour ta nièce de plus en plus formidable. Ton frère a enfin retrouvé quelqu'un pour le contrarier et, crois-moi, elle ne s'en prive pas. Donc, fin août, Aurèle a décidé de rester à Madrid. Officiellement, elle prétend que c'est moi qui l'ai poussée à entreprendre des études de mathématiques (mais tu me connais, je ne connais rien aux maths et les études que pourraient faire les enfants de ton frère m'indiffèrent). Imagine Vincent, écartelé entre ses mauvais sentiments à mon égard et l'envie que sa fille ne perde pas une année à jouer au handball à Paris. C'est sa femme qui l'en a persuadé : les mathématiques sont un langage universel, alors en français ou en espagnol, quelle importance ? Au passage, je te signale que j'ai installé Aurèle dans ta chambre et que tes vœux ont été exaucés. Elle y a fait un grand ménage. Il ne reste presque rien de tes affaires et nous allons sûrement repeindre les murs.

Maintenant, je vais te dire la vérité : c'est qu'Aurèle a eu le coup de foudre pour ma Vénézuélienne, elle-même étudiante en mathématiques. Je l'ai compris tout de suite, et j'ai bien ri en entendant Vincent et Marlène parlementer au sujet de l'avenir de leur fille. Les parents sont toujours les derniers à comprendre leurs enfants.

Le mois dernier, Aurèle s'est fait teindre les cheveux en rouge, elle ressemble à l'ogresse du Petit Poucet, imprégnée de sang. Ton frère a fait une de ces têtes lorsqu'il est descendu nous voir pour Noël ! Quant à sa femme, elle en était mortifiée. Elle est restée prostrée, muette, les deux semaines qu'ils sont restés là pour vérifier leurs travaux. Ils ne sont repartis qu'hier. Pour libérer une chambre, j'ai dû caser Aurèle avec mon étudiante. J'ai moi-même occupé la tienne. Je pense que Marlène s'est doutée de ce qui se passe derrière la porte. Vincent, non. Égal à lui-même. Aveugle aux autres.

Comme tu le sais, j'ai aussi reçu, avant les vacances, la visite de ton neveu, Basile, qui vient d'enregistrer un disque. Il me l'a gentiment offert, mais je dois t'avouer que c'est un peu trop bruyant pour mon goût. Je l'ai trouvé très sensible au charme de ma Vénézuélienne également, et je ne pourrais affirmer qu'à terme, Aurèle l'emportera. Qu'importe, me diras-tu, elle doit rentrer à Caracas en juillet prochain. Aurèle m'a demandé de prendre une Mexicaine à la rentrée. Elle fait d'énormes progrès en espagnol, c'est spectaculaire !

Les travaux de San Miguel avancent et je pense qu'ils pourront y passer leurs vacances d'été. Ils font construire une piscine qui sera terminée au printemps. Et Aurèle envisage de nous y inviter les week-ends pour nous rafraîchir. Puisqu'elle est seule de sa famille à vivre en Espagne, elle est plus ou moins chargée de vérifier l'avancée des travaux. Finalement, je n'aurai jamais autant été à San Miguel que depuis que la propriété ne nous appartient plus. Je pense que toute cette animation autour de sa maison aurait beaucoup plu à ton père.

J'espère que de ton côté tu pourras également emménager avant l'été. Nous envisageons de venir te voir à Pâques, Aurèle et moi. Nous avons hâte de voir votre installation. Tu as eu raison d'investir ton héritage dans cette nouvelle maison. Elle a l'air parfaite. Il te restera cinq garçons me dis-tu. Eh bien, réjouis-toi, ton fils va naître dans une famille nombreuse. C'est ce que tu souhaites depuis toujours, non ? Ne crois pas que je ne m'en sois pas aperçue. Je vois d'ici le faire-part : Benito, Paolo, Angelo, Gianni et Arturo ont la joie de vous annoncer la naissance de leur frère... Dante ? Gabriele ? Pour les prénoms, ne me demande pas de choisir, je les aime beaucoup tous les deux : Dante aurait sûrement séduit ton père. J'aime aussi Gabriele, c'est sûrement plus facile à porter. Associe les deux, et tu feras un peintre de ce petit ! Quand Marcantonio commence-t-il à enseigner ? D'après ce que j'entends de lui, il sera un professeur formidable pour des jeunes en difficulté. Quant à tes nouveaux ateliers, je suis d'accord avec toi, ce doit être tout aussi agréable d'animer des jeunes comédiens que des vieux. Profites-en bien.

Ma vie est assez bousculée en ce moment, à tous points de vue. Pas seulement à cause d'Aurèle ou des travaux. Je sors aussi davantage qu'auparavant. À ce propos, j'ai été invitée récemment à une réception officielle au palais (en tant que veuve de ton père) et j'y ai rencontré quelqu'un qui t'a connue lorsque tu animais des ateliers à l'Unesco : un certain Rafael Monzon, un monsieur très suffisant. Je ne sais pas si tu vois de qui je veux parler. Il était accompagné d'une femme très jeune, très jolie, qu'il traitait avec condescendance. J'ai trouvé ce type désagréable. Mon amie Carla, qui m'accompagnait, le connaissait et me disait qu'il venait de l'épouser et la trompait déjà. Certaines femmes, tout de même, n'ont aucun discernement. Il m'a demandé de tes nouvelles et je lui ai dit que tu t'étais mariée, installée à Rome et qu'à présent, tu attendais un bébé (je ne savais pas encore qu'il s'agissait d'un garçon). Il a eu l'air surpris, voire dépité. À mon avis, ce garçon a dû être secrètement amoureux de toi. Enfin, c'est la vie. Je suis heureuse de te savoir enfin heureuse.

Je t'embrasse, ma chérie.

Stéphanie Janicot
dans Le Livre de Poche

La Constante de Hubble n° 30434

Juliette, épouse modèle et mère de quatre enfants, qui vient de découvrir que son mari la trompe. Théodora, l'ex-maîtresse, de qui elle tient cette révélation. Alma, l'avocate, qui oublie ses propres déceptions dans le combat féministe. Louise, la solitaire, qui se voue à la création artistique… Réunies en Provence dans un été de désarroi, ces quatre femmes vont faire le point et découvrir combien s'applique aux humains la constante de Hubble, suivant laquelle plus la distance est grande entre les galaxies, plus celles-ci s'éloignent les unes des autres à grande vitesse…

Les Matriochkas n° 30326

Que vient chercher Werner, l'étudiant allemand, dans la mansarde que lui louent la vieille Hannah et Salomé, sa petite-fille ? Pourquoi cette dernière, lorsque Werner entreprend de fouiller le grenier et exhume lettres et souvenirs, semble-t-elle approuver cette mystérieuse enquête ? Serait-ce à lui de les libérer d'un passé qu'elles n'ont pas le courage d'affronter ? Avec lui, nous allons remonter le temps jusqu'à l'année 1942 et cette pension catholique où Myriam, la tante de Salomé, vit cachée sous le nom de Marie Roche. Puis nous retrouverons Hannah, seule à Paris, cherchant désespérément à retrouver son mari, arrêté, et sa fille, disparue.

Non, ma mère n'est pas un problème n° 30019

La quarantaine venant, Aaron-Pierre se résigne à confier à un psychanalyste les malaises de sa vie. Fils unique d'une mère juive et d'un père catholique plutôt « tradi », il traîne le pénible souvenir d'une circoncision mal faite et surtout de la disparition d'Anna, sa mère, résolue à refaire sa vie alors qu'il avait treize ans. Hypocondriaque, fragile, tourmenté, c'est à elle qu'il impute son échec auprès des femmes. Comment saurait-il que la vérité est bien différente ? Le journal d'Anna, que le lecteur découvre en parallèle, nous dévoile le drame d'une femme qui a payé très cher son désir d'indépendance après un mariage raté.

Salam   nº 30791

Au début du siècle, Marie et John Kay embarquent à bord de l'*Africa*, pour une mission de plusieurs mois au Sahara occidental. Au large des côtes africaines, John est assassiné, Marie, enlevée, vendue puis cloîtrée dans le harem d'une casbah du Grand Sud marocain. Tout en essayant de surmonter cette épreuve, Marie se met à tenir un journal intime. Peu à peu, son intérêt s'éveille pour la personnalité du maître des lieux : Salam, un guerrier craint et respecté de tous, un caïd plutôt fantomatique dont on parle mais que l'on voit rarement. Quel mystère entoure Salam ? Détient-il un secret ? Marie ne vit plus que pour le découvrir... Des années plus tard, le petit-fils de Marie, un milliardaire américain, s'interroge à son tour. Il confie les notes de la captive à un écrivain qu'il charge d'établir la vérité, d'écrire le roman de Marie...

Soledad   nº 15269

Cependant qu'El Nino déchaîne la tempête sur Buenos Aires, le public se passionne pour le procès de Soledad, la chanteuse de tango accusée du meurtre de son mari. Tout paraît la condamner. Seule la présidente du tribunal, tandis que les témoins défilent à la barre, s'interroge sur le mystère de cette jeune femme. Elle va l'amener à lui dévoiler son passé.

Une Traviata   nᵒ 15425

Brillante élève de Verdi, dans l'Italie romantique, la cantatrice Sistina Piave ne vivait que pour son art. Elle y renonce pour l'amour d'Arthur, un jeune et séduisant lord anglais, abandonnant du même coup John Bennett, qui l'aimait. Quinze ans plus tard, John, devenu directeur musical d'un grand théâtre de Rome, se rend en Angleterre où il doit monter un opéra de Verdi. Là, il retrouve une Sistina secrètement désabusée, délaissée par un époux volage. Il décide alors de la reconquérir en lui offrant le rôle magnifique et tragique de Violetta dans *La Traviata*.

Composition réalisée par IGS

Achevé d'imprimer en novembre 2007 par
MAURY Imprimeur
45330 Malesherbes
Dépôt légal 1re publication : novembre 2007
N° d'éditeur : 92906
Librairie Générale Française – 31, rue de Fleurus – 75006 Paris

31/2129/0